C'est grâce à un programme d'aide à la traduction du Conseil des Arts, qu'il est possible de faire connaître au Québec les œuvres marquantes d'auteurs canadiens-anglais connues souvent dans tous les pays de langue anglaise, mais ignorées dans les pays de langue française parce qu'elles n'avaient jamais été traduites.

Ce même programme permet aux œuvres marquantes de nos écrivains d'être traduites en anglais.

La Collection des Deux Solitudes a donc pour but de faire connaître, en français, les ouvrages les plus importants de la littérature canadienne-anglaise de ces dernières années.

LOIN DU RIVAGE

COLLECTION DES DEUX SOLITUDES, JEUNESSE
directrice: Paule Daveluy

OUVRAGES PARUS DANS CETTE COLLECTION:

CALLAGHAN, Morley
La promesse de Luke Baldwin
traduction de Michelle Tisseyre

CLARK, Joan
La main de Robin Squires
traduction de Claude Aubry

DOYLE, Brian,
*Je t'attends à Peggy's Cove**
traduction de Claude Aubry
Prix de traduction du Conseil
des Arts, 1983
En montant à Low
traduction de Claude et
Danielle Aubry

FREEMAN, Bill
Le dernier voyage du Scotian,
traduction de Maryse Côté
*Premier printemps
sur le Grand Banc
de Terre-Neuve*
traduction de Maryse Côté

GERMAN, Tony
D'une race à part
traduction de Maryse Côté

HUGHES, Monica
Mike, chasseur de ténèbres
traduction de Paule Daveluy
La passion de Blaine
traduction de Marie-Andrée
Clermont

LITTLE, Jean
Écoute, l'oiseau chantera
traduction de Paule Daveluy
*Maman va t'acheter
un moqueur*
traduction de Paule Daveluy

LUNN, Janet
Une ombre dans la baie
traduction de Paule Daveluy

MACKAY, Claire
La fille à la mini-moto
traduction de Michelle Tisseyre

Le Programme Minerve
traduction de
Marie-Andrée Clermont

MAJOR, Kevin
Tiens bon!
traduction de Michelle Robinson
Loin du rivage
traduction de Michelle Tisseyre
Cher Bruce Sprinsteen
Traduction de Marie-Andrée
Clermont

MONTGOMERY, Lucy Maud
*Émilie de la Nouvelle Lune, 1**
Émilie de la Nouvelle Lune, 2
Émilie de la Nouvelle Lune, 3
traduction de Paule Daveluy

MOWAT, Farley
*Deux grands ducs dans
la famille*
traduction de Paule Daveluy
*La malédiction du tombeau
viking*
traduction de Maryse Côté
*Une goélette nommée
Black Joke*
traduction de Michel Caillol

SMUCKER, Barbara
*Les chemins secrets de la
liberté **
traduction de Paule Daveluy
Jours de terreur
traduction de Paule Daveluy
Un monde hors du temps
traduction de Paule Daveluy

TRUSS, Jan
*Jasmine**
traduction de
Marie-Andrée Clermont

WILSON, Éric
Terreur au bivouac
traduction de Michelle Tisseyre

* Certificat d'honneur de l'Union internationale pour les livres de jeunesse,
pour la traduction (IBBY).

KEVIN MAJOR

LOIN DU RIVAGE

Traduit de l'anglais par
Michelle Tisseyre

ÉDITIONS PIERRE TISSEYRE
8925, boul. Saint-Laurent — Montréal, H2N 1M5

Dépôt légal : 4e trimestre 1989
Bibliothèque nationale du Canada
Bibliothèque nationale du Québec

Données de catalogages avant publication (Canada)

Major, Kevin, 1949-
    [Far from Shore. Français]
    Loin du rivage
    (Collection des deux solitudes. Jeunesse).
    Traduction de : Far from Shore.
    ISBN 2-89051-371-8

    I. Titre. II. Titre : Far from Shore. Français.
III. Collection.

PS8576.A523F3714 1989   jC813'.54 C89-096359-2
PS8576.A523F3714 1989
PZ23.M34Lo 1889

L'édition originale en langue anglaise
de cet ouvrage a été publiée par
Clarke, Irving & Co. Ltd., Toronto
sous le titre :
Far From Shore
Copyright © 1980 by Kevin Major

Maquette de la couverture :
Le Groupe Flexidée

La couverture est un photo-montage de
Pierre-Paul Pariseau

Copyright © Ottawa, Canada, 1989
Les Éditions Pierre Tisseyre
ISBN-2-89051-371-8

PREMIÈRE PARTIE

1

JENNIFER

Si ma famille faisait son repas tradi-
tionnel ce soir, veille de Noël, il consisterait
probablement en poisson salé avec des
patates et du lard salé frit. Mais pourquoi
ne pas faire de la lasagne cette fois-ci,
question de changer? C'est moi qui fais la
cuisine après tout et, de plus, j'ai une vraie
bonne recette que j'ai déjà essayée au cours
d'économie familiale. Je voudrais leur servir
quelque chose de spécial.

Je sais que maman va dire qu'elle aime
ça, même si elle ne le pense pas. Chris, lui,

dévorerait n'importe quoi. Mais c'est surtout à papa que je suis censée penser. Le connaissant, il ne voudra même pas y goûter, surtout du fait que son assiette ne sera pas à moitié remplie de patates. Maman trouve qu'on devrait faire dégeler un steak d'orignal ou quelque chose comme ça, mais je ne lui réponds pas; ce qui revient à dire que je trouve qu'il devrait au moins faire l'effort d'y goûter.

En fin de compte, papa ne se montre même pas au souper. On finit par manger la lasagne entre nous. Chris ne met pas cinq minutes à éclabousser la nappe blanche de sauce tomate. Un porc, c'est tout ce qu'il mérite qu'on l'appelle. Et voilà qu'il mange la part de papa en plus de la sienne. Je n'ouvre pratiquement pas la bouche pendant tout le repas, et eux non plus, sauf Chris qui se conduit comme s'il participait à un concours de rôts. C'est un repas stupide. Je regrette d'avoir même commencé à le faire.

Papa devrait aussi être ici pour aider à dresser l'arbre de Noël après le souper. Il ne se montre pas pour ça non plus, et c'est Chris qui doit le faire à sa place et poser les lumières. Il en fait presque une crise. Il faut que je le surveille de près, parce que laissé à lui-même, il ferait tout de travers. J'ai dit à maman qu'on aurait dû s'y prendre bien

10

avant pour décorer l'arbre. Qui, de nos jours, en dehors de quelques vieux, attendrait la veille de Noël pour faire son arbre?

CHRIS

Mon gars, je te le dis, si tu laisses Jennifer t'énerver, autant laisser tomber. Ces derniers temps, elle arrête pas d'être grincheuse. Quand elle est comme ça, y aurait pas moyen de la contenter avec ces lumières-là, même si j'essayais pendant un million d'années. Y en a à peu près dix différentes sortes, et il faut les poser d'après un ordre qu'elle a tatoué sur le cerveau. Deux, trois fois, j'ai eu ben envie de lui laisser tomber le lot sur la tête, en lui disant de les poser elle-même.

Sa lasagne était pas mal bonne, il faut lui donner ça. Elle avait mis des chandelles, une nappe de cérémonie, toute l'affaire. La seule chose qui manquait, c'était un violonneux tsigane. Et le vin, ce qu'il y avait de meilleur — ça dû lui coûter au moins trois piastres. Qui dit qu'on peut plus trouver de vin bon marché! N'empêche que c'est son propre argent qu'elle a dépensé. Elle avait têt ben raison d'être un peu démontée.

Jennifer, ma chère sœur, a seize ans. Un an de plus que moi. Et, croyez-le ou non, on s'entend assez ben, la plupart du temps. Quand on s'étrive pas pour le *fun*, j'entends.

Une fois qu'elle en a enfin fini avec l'arbre et qu'elle est allée ramasser quèques cadeaux à mettre dessous, elle va chercher la mère à la cuisine pour avoir son opinion. Elle s'attend à des félicitations, bien entendu. Je pourrais lui en faire, mais elle voudrait probablement pas passer deux ans à attendre...

— Il est très beau, dit la vieille, toujours aussi décourageante.

— Merci, que je lui dis.

Jennifer me donne un coup de coude, en faisant :

— Maman, veux-tu lui dire d'arrêter!

— Ma chère maman...

En disant ça, je l'entraîne vers l'arbre.

— As-tu des yeux pour voir? Vois-tu pas que c'est les lumières qui font l'arbre? Regarde toutes les couleurs, et remarque comme chaque ampoule est placée exactement au bon endroit...

— Écoutez-moi Rembrandt! dit Jennifer.

— Heureux de te savoir impressionnée, que je lui dis.

— Voulez-vous arrêter ça! intervient la mère.

12

— Ça sera notre résolution du Jour de l'An.

— Chris!

— Oké, oké! c'est la veille de Noël. Où ce qu'est ton esprit des fêtes?

Je lui passe encore une fois un bras autour de la taille, et j'étends l'autre sur le côté. Je me lance alors dans un *two-step* dont je sais pas le premier pas, sauf que j'ai vu papa et maman le danser des fois en rentrant d'une soirée.

Mais je l'ai fait rire.

— Donnes-y, ma p'tite mère, donnes-y!

MA MÈRE

Une autre fois, je l'aurais suivi dans ses folies, mais pas à soir. J'en ai pas l'énergie. Je le fais tourner deux, trois fois, puis on s'écroule sur le sofa. Si je le pouvais, je rirais pas, mais je peux pas m'en empêcher, juste un p'tit peu. Il me fait fâcher, mais des fois il est tellement fou qu'il vous fait rire malgré vous. Ces temps-ci, il est bien le seul à apporter un peu de gaieté dans c'te maison.

C'est merveilleux ce que Jennifer a fait avec l'arbre. Elle réussit tout ce qu'elle touche, c'te fille-là. Chris éteint toutes les lumières excepté celles de l'arbre et on s'assit pour le regarder un brin. C'est le moment le plus tranquille de la journée. Je demande à Chris d'aller mettre le record des cantiques de Noël. C'est comme si je lui demandais la lune; jusqu'à ce que je commence à me lever pour aller le faire, et alors, il se décide d'un coup sec. Pas sans prétendre, ben entendu, que les sillons doivent être usés jusqu'au boute.

On avait pas été assis cinq minutes, qu'on entendait ouvrir la porte d'en arrière. Il faut que ça soit Gord. Dieu sait où c'est qu'il est allé se ramasser. Il est parti à quatre heures pour aller s'acheter des cigarettes chez Decker et il s'est plus montré depuis.

J'aurais dû m'y attendre. Quand je vas à la cuisine, il est là, affalé sur une chaise, l'air hébété. Ça, ça me décourage. Il a pas la jugeote que le Bon Dieu donne à un chat. Et ça sert à rien de lui parler, je le sais ben; c'est plus la peine de gaspiller mon souffle.

Mais quand Jennifer arrive et se rend compte de son état, elle prend pas longtemps à lui rentrer dedans. Je l'ai pourtant déjà avertie des douzaines de fois.

— Papa, t'as encore bu!

— C'est pas vrai.

— Papa, tu me fâches tellement. Pourquoi t'es pas venu souper? T'as même pas été là pour monter l'arbre.

— J'y suis, astheur.

— On a déjà tout fait.

— Vous aviez pas besoin de moi, alors?

— Tu sais bien que c'est ce qu'on fait, chaque année, la veille de Noël.

— Au diable, la veille de Noël!

— Papa, essaie donc de me dire maintenant que tu n'es pas soûl...

— Je suis pas soûl!

— Oui, tu l'es. Je peux le sentir d'ici, et ça pue.

MON PÈRE

Bon 'Yeu, a va continuer et continuer jusqu'à ce qu'a me rende fou. Je peux pas m'arrêter au club pour une couple de bières, sans me faire enguirlander.

— J'te dis que j'suis pas soûl!

Mais il faut que je lui prouve.

— Donne-moi les maudites lumières! Où c'qu'a sont, si tu veux faire décorer ton arbre. Montre-moi l'arbre!

— Papa, assis-toi, dit Chris. On a déjà tout fait.

— Non, a veut que j'aide à décorer l'arbre, alors je vas aider à le décorer, le maudit arbre!

— On a tout fait, Gord. Assis-toi, astheur.

Je m'lève d'où je suis, et je fais pas deux pas que je rentre dans quèque chose. Y a tout le temps une maudite chaise dans l'chemin, chaque fois qu'on veut se bouger le cul dans c'te cuisine. Pis alors, quand je m'en vas dans le salon, les v'là-t-y pas qui me courent après.

— Chris, trouve-moi des lumières.

Il va regarder dans une boîte. C'est quasiment le seul qu'a du bon sens par icitte.

— Vite, donne-moi-z'en une.

Il me donne une affaire avec un maudit crochet au bout qu'est tellement p'tit que tu peux presque pas le voir.

— Laisse-moi t'aider, qu'il me dit.

— Non, je vas le faire moi-même. Le maudit arbre va se faire décorer, tu vas voir ça.

Bon, je l'tiens astheur, le crochet. Je vise l'arbre. Y a tellement de lumières dessus, qu'on peut quasiment pas trouver une place vide. Et ils ont besoin de moé pour le décorer!

Les branches sont tellement dures à attraper et pis ils ont mis tant de décorations... Les lumières elles feraient perdre la vue à un chien d'aveugle.

— Gord, fais attention!

Quécé qu'a pense que j'fais, si j'fais pas attention? C'te fois-citte, je vas l'avoir, sainte bénite!

Marde, je sens mes pieds qui lâchent...
et les branches qui s'empilent:
— Jésus-Marie, ma face!

2

CHRIS

Je savais que ça arriverait, j'le savais, quand Jennifer s'est encore mise à lui casser les pieds. C'est stupide de se soûler comme ça, la veille de Noël, c'est ben sûr; mais c'était pas nécessaire d'en remettre, non plus. C'est pas seulement de sa faute à lui, le vieux. Il a ben le droit de prendre une p'tite brosse de temps en temps, il me semble.

Une chance qu'on l'a attrapé à temps. Moi pis maman, on a réussi à s'en emparer juste comme il allait glisser à terre. Il s'est quand même égratigné un côté de la face, et quand on l'a tiré de là, les guirlandes et les lumières et tout le reste sont tombées des branches. On a finalement réussi à l'emmener jusqu'au sofa, et il a eu assez de bon sens pour y rester.

Pendant ce temps-là, Jennifer a pas arrêté de pleurer à cause de ce qu'il a fait à son arbre. Une vraie débile! Une minute, elle se conduit comme si elle était en béton; la suivante, elle se met à brailler. Moi pis maman on se dit qu'il vaut mieux laisser le vieux cuver sa brosse et plus rien lui dire, astheur.

Il est dix heures et on est tous supposés de se rendre à l'église à onze heures pour la messe de minuit. On pourrait toujours laisser faire, mais c'est à mon tour d'aider à servir la communion et ils comptent sur moi. J'arrête pas de dire à maman et à Jennifer de se dépêcher. «Laissez faire papa, que je leur dis. Quand il va s'endormir, il se rendra compte de rien». Ce qui fait changer d'idée à maman, c'est sans doute de voir le mal que j'me donne pour remettre l'arbre debout. Papa s'endort avant même que je sois retourné au salon. Je savais qu'il le ferait. Et lui, quand il dort après avoir pris une cuite, il faudrait que le toit lui tombe sur la tête pour qu'il se réveille. Pour le sommeil, il est pareil comme moi. Jennifer a toujours son air bête, même après qu'on a tout réarrangé l'arbre. Je m'en fous complètement. Elle peut rester ici avec son mauvais caractère. J'vois pas grand différence moi-même avec ce que l'arbre était avant, sauf qu'un des cadeaux qu'était en dessous est tout écrabouillé. Quécé que ça peut faire? C'est rien qu'une boîte de chocolats, après toute. Des bon marché qui ont pas une noix dedans, juste de la crème à vous faire lever le cœur. En fin de compte, elle se décide à venir, elle aussi. Quécé qu'elle voudrait? Une médaille?

Quand on arrive à l'église, c'est rempli de monde. Je suis vingt minutes en retard, parce que je suis supposé être là avant même l'arrivée du chœur. Je laisse maman et Jennifer en arrière, dans l'église, et je file à la sacristie par la porte de côté. Quand j'arrive, ils sont déjà en train de se mettre en rang pour la procession qui commence avec le premier hymne. Ils ont tous un cierge à la main, et Steve les allume un après l'autre. C't'une vraie ruche d'abeilles, icitte. Le Révérend Wheaton me dévisage quand il me voit à la porte.

— On a eu des problèmes en s'en venant, que je lui dis.

Je me débarrasse vite de mon manteau et je vas chercher une soutane à ma taille, dans le placard. J'en passe au moins une douzaine avant d'en trouver une qui me fait.

— Trouve-moi un surplis, veux-tu? que je demande à Diane, debout à se tourner les pouces. C'est le troisième membre de notre trio du tonnerre. On sert ensemble, tous les trois; on fait équipe. Elle est pas laide, Diane. Et elle perd pas de temps à me trouver un surplis.

— Qu'est-ce qui t'as pris si longtemps? qu'elle me demande. Je commençais à penser que tu viendrais pas.

— La diarrhée, que je lui réponds, en enfilant le surplis par-dessus ma tête, et en ajustant les épaules pour qu'elles soient pareilles. Des brûlements d'estomac et ma hernie qui s'est mise à me faire mal.

— Très drôle!

— Tiens, prends ça et reste tranquille, me dit Steve en me tendant un cierge.

— Y a quèque chose qui va pas avec ce cierge-là, que je lui dis en lui présentant à l'envers pour qu'il l'allume. Il a pas de mèche.

— Ça suffit, Chris! On a pas de temps à perdre, dit le Révérend Wheaton.

Je pensais pas qu'il était assez près pour entendre. J'arrête de faire le fou.

Les bruits de l'orgue ont commencé pour accompagner le premier hymne. Diane est devant nous, et moi et Steve, on est les derniers à sortir avant le ministre. Le premier hymne est : «Venez fidèles». Toutes les lumières sont éteintes dans l'église, excepté une ou deux dans le sanctuaire, de sorte qu'on voit surtout les cierges. Je sais pas chanter, mais je croasse quèque chose. Avec le tonnerre des voix devant moi, personne peut m'entendre, de toutes les façons.

Y a des imbéciles qui ont le front de dire qu'on a l'air bête en longue soutane rouge, comme ça, avec un surplis par-dessus. Y en a même qui me trouvent bizarre à cause que je vas à l'église. Je leur dis de se mêler de leurs affaires.

Pour dire le vrai, par exemple, après deux ans et demi, je commence à avoir envie de laisser tomber. Je sens que ça fait assez longtemps que je fais ça, des fois. Je sais pas exactement pourquoi. J'aimais ça avant, me trouver en pleine action, et pouvoir regarder la congrégation de haut; mais c'est fini depuis longtemps, ça. Y a ben des raisons de rester, aussi. Y a le côté religion; et pis le Révérend compte sur moi. Je vas têt ben continuer encore un peu. Surtout qu'il vaut mieux que je reste en bons termes avec le Révérend, si je veux qu'il me demande d'être conseiller au camp de l'église, cet été.

Il est une heure du matin quand on revient à la maison. Et comme je m'y attendais, le vieux est en train de ronfler sur le sofa. On penserait qu'il arrêterait des fois, pour se reposer les poumons.

— Papa. (Je lui secoue l'épaule très doucement.) Papa, il est presque une heure et demie du matin!

— Quôa? Il tourne la tête et me regarde en plissant les yeux.

— Tu penses pas que tu serais mieux dans ton lit? Tu peux pas passer la nuit sur le sofa.

Il me dévisage un moment avant de rien dire, puis il me demande de lui apporter un verre d'eau.

Quand je lui apporte, il se soulève un peu et boit à peu près la moitié du verre. Ensuite il retombe sur le sofa.

— Papa, te rendors pas! Maman va être fâchée. Viens, je vas te donner un coup de main.

Et je lui prends le bras.

C'est juste ce qui me fallait pour rendre ma nuit plus excitante : mettre debout un homme de deux cents livres. Il garde les yeux fermés. Pourquoi me rendre la marche plus facile, après toute. Crime! pis j'aurais dû savoir que l'entrée de porte était pas assez large pour laisser passer deux personnes.

— Bouge pas, que je lui dis. Je le mets en marche arrière, et j'essaie encore.

Une fois qu'on est dans le corridor, le reste est de la p'tite bière. Un boute en droite ligne, jusqu'à sa chambre, et là, je le renverse sur le lit. La mère s'en charge à partir de là. Je traîne pas, mais d'après ce que j'entends quand je suis parti. ils vont pas se coucher en trop bons termes.

3

CHRIS

Peu importe l'âge qu'on a, on a toujours hâte au matin de Noël. Quand j'étais plus jeune, j'étais toujours debout à six heures et demie, sept heures, au plus tard. Une fois, j'ai réveillé Jennifer à trois heures et demie du matin pour qu'elle vienne avec moi dans le corridor jusqu'au salon. On avait un peu peur que le gros bonhomme à barbe blanche soit encore en vadrouille, alors on s'était collés ensemble jusqu'à ce qu'on soit arrivés au salon et qu'on ait allumé. C'est là qu'on avait entendu le père nous crier que le jour était même pas levé, et de retourner nous coucher, à cause que le Père Noël était pas encore passé. Le père avait jamais su mentir. On était repartis dans nos chambres, mais ça me faisait rien, à cause que j'avais vu ce que je voulais voir, même si je pouvais pas l'essayer avant deux autres heures : un campeur de sport Big Jim. J'étais fou des machines et des filles à c't âge-là. Pas question de me lever à cinq heures et demie, asteur, surtout a près m'être couché à deux heures du matin; mais on sent pas que c'est Noël pareil, si on se lève pas un peu de bonne heure et si on va pas ouvrir quèques cadeaux. Vers sept heures et demie mettons. Quicé qui voudrait rester couché à dormir le matin de Noël, je vous le demande? Ma sœur Jennifer, entre autres. Je m'imagine son air en cognant à sa porte et en l'entrouvrant un brin.

— Vas-tu jamais te lever?

Elle a l'air de faire semblant de dormir. Je répète ma question.

— Il est quelle heure? qu'elle grogne.

— Sept heures et demie.

Je devrais têt ben lui lancer un morceau de viande crue pour la calmer.

— Va te recoucher!

— Enweille! C'est le matin de Noël.

— Tu sais où tu peux aller...

— Enweille! Attends de voir ce que je t'ai eu.

— J'imagine. Où est maman? qu'elle me demande.

— Dans sa chambre, je suppose.

— Je me lèverai quand elle se lèvera. Retourne dans ta chambre.

— Jennifer.

— Quoi?

— Tu sais quèque chose?

— Quoi?

— T'es en train de devenir une vraie emmerdeuse.

— Tais-toi donc, et sors de ma chambre!

Ce qu'elle est désagréable! Et c'est encore un trop beau mot pour la décrire. Si elle avalait un clou, y sortirait une visse. Depuis qu'elle a arrêté de voir Scott, elle est plus parlable.

MA MÈRE

J'ai pensé une minute que Chris aurait assez de bon sens pour rester couché un peu plus tard. Il doit ben savoir que j'ai pas beaucoup dormi. Mais autant me lever, je suppose. Il sera pas content jusqu'à ce que je le fasse.

Si je pouvais sortir de lit sans réveiller Gord, ça me ferait moins de quoi. Mais dès que je bouge, il se met à se tortiller et à grogner dans son sommeil; pis finalement, il met son bras par-dessus moé. Je lui ai tourné le dos toute la nuit, à cause qu'il sent assez la boisson pour assommer un bœuf. Quand je grouille encore un brin, sa main essaie de s'accrocher encore plus, pis quand je me pousse au bord du lit, il commence à me tâter. Ça suffit comme ça. Je réussis à débarquer, pis alors, son bras retombe après moi.

Je mets ma vieille robe de chambre et j'ouvre la porte. Chris sort justement de chez Jennifer. En m'apercevant, il replonge la tête dans sa chambre et lui dit de se lever.

— Parle pas si fort! que je lui dis. Tu veux réveiller ton père?

— T'es ben belle, à matin!

— Je dois l'être, oui! Astheur, reste tranquille.

— C'est quel électricien qui te fait les cheveux?

Il arrête pas de faire le fou, pareil comme si c'était midi.

— Chris, tu sais ben que t'aurais pu rester couché un peu plus.

— C'est le matin de Noël! On se lève toujours de bonne heure.

Jennifer ouvre la porte et sort de sa chambre.

— Qu'est-ce qu'on fait, debout comme ça?

— C'est Noël, dit Chris.

— Toi, tout ce qui t'intéresse, c'est ouvrir tes cadeaux, pareil comme un enfant de six ans.

— Venez-vous-en, avant de réveiller votre père. (J'ai pas d'autre choix que de me fâcher après eux.) Quand est-ce que vous allez grandir!

Mais alors, quand j'essaie de le faire avancer, il refuse de bouger.

— Quécé qu'y a, astheur?

— J'y vas pas.

— Et pourquoi pas?

— À cause que vous êtes trop de mauvaise humeur. Vous êtes en train de gâter le matin de Noël.

— Chris, arrête tes folies!

— T'aurais besoin d'un psychiatre, dit Jennifer. Après nous avoir réveillées!

— Je m'en vas me recoucher.

Là, comme si ça suffisait pas, v'là-t-y pas que Sa Majesté sort de sa chambre. Ils ont fait tout ce qu'il fallait pour ça! Il porte juste le caleçon de ses sous-vêtements d'hiver, pis tout tordu d'un côté. Il a l'air de quèque chose que le chien aurait déterré. Il nous dépasse en titubant et pousse la porte de la chambre de bain. Il remonte le siège des cabinets comme pour le casser, et on l'entend vomir. Quand je vas le rejoindre, il est à genoux par terre et y a du vomi sur le siège des cabinets et par terre et la jambe de son caleçon en est déjà toute mouillée.

Saint Sauveur, tu parles d'être pris avec ça à sept heures et demie, le matin de Noël. Je jette un coup d'œil à Chris et Jennifer qui ont tous les deux l'air d'avoir mal au cœur. Je les renvoie à leurs chambres, à cause que j'ai plus envie de les entendre se chamailler. Et c'est sûrement ce qui va arriver si je les laisse seuls ensemble.

Chris ressort presque de suite. Sans rien dire, et sans me regarder, il s'en va à la cuisine, et en revient avec un rouleau d'essuie-tout. Il en déroule environ la moitié avec quoi il recouvre le dégât, et ensuite, il se met à aider à le nettoyer.

CHRIS

Un Noël inoubliable, pas vrai? C'est à se demander des fois si on serait pas mieux caché dans une fosse à serpents, une couple de semaines. Après un bout de temps, on ouvre finalement les présents. Il est dix heures et maman est de meilleure humeur. En fait, elle essaie trop de l'être. Je suppose que papa est toujours au lit, ivre-mort.

J'ai pas de surprise avec le cadeau de maman. Je m'attendais pas à grand-chose et c'est ce que je reçois. Une nouvelle montre — une digitale et qui a l'air chère, mais je vois ben qu'elle l'est pas. Je sais ben qu'elle a pas beaucoup d'argent, alors je peux pas me plaindre. Mais je suis pas très excité. Je fais un effort pour le prochain, de Jennifer. Je l'ai pas vu avant, à cause que ma sœur sort seulement ses cadeaux le matin de Noël pour que personne les abîme en les cognant pour essayer de deviner ce qu'y a dedans.

Je sais tout de suite que c'est un album de records. Pour dire le vrai, ça, je m'y attendais pas. Vu la façon qu'on s'est entendus hier au soir, je me serais plutôt imaginé trouver un scorpion... C'est si ben enveloppé, que j'ai presque pas envie de déchirer le papier. Y a un arbre de Noël en chocolat sur l'étiquette.

Je suis encore plus surpris en l'ouvrant. C'est pas un, mais deux albums! Et des bons itou : Bob Seeger et The Who. Tu parles d'une surprise! Je pensais jamais qu'elle aurait dépensé tout c't'argent-là pour moi.

— Merci, merci beaucoup! (Ça sonne pas assez enthousiaste, têt ben, mais c'est sincère.)

Elle me répond rien. Mais comme je suis assis là, bouche bée, l'air hébété, elle prend un des présents que j'ai pour elle — le présent «attrape-nigaud».

— T'attends pas à trop, que je lui dis. Celui-là, c'est pour rire. (Après les deux albums, le moins que je peux faire, c'est l'avertir.)

— Pas encore! Tu l'as enveloppé combien de fois, cette année?

L'année dernière, je lui avais acheté une boîte de chocolats aux cerises et trois boîtes d'Ex-lax. Je les avais enveloppées une vingtaine de fois, de sorte qu'à la fin, j'avais un cadeau de quatre pieds carrés. J'avais ben ri. Je lui donne toujours un présent pour rire et un autre après.

J'ai farci la boîte de papier-journal. Elle s'y attendait, et, par conséquent, elle prend les feuilles une à une entre le pouce et l'index comme si elles étaient contaminées et les laisse tomber par terre. Au bout d'un moment, elle commence à penser qu'y a rien en toute dans la boîte. Je l'ai mis tout au fond.

Quand elle le trouve, elle se meurt pas de rire. Je m'attendais pas à ça, mais peut-être à un sourire forcé. Mais même pas. Elle sort du salon en furie et s'en va en courant dans sa chambre. Crime! c'est têt ben pas une si bonne idée. C'est seulement un de ces trophées à la blague, avec une carte qui dit: «Le plus grand amoureux du monde» collée dessus.

Comme si c'était pas assez, maman en rajoute dès qu'elle voit ce qui y a dans la boîte.

— Chris!

— C'était juste pour rire. Je lui donne une autre chose aussi.

— Tu devrais avoir honte!

— Je te dis que c'était pour rire! Elle peut quand même pas être encore folle de lui!

— Tu vois quelqu'un rire, toi?

— Oké, je regrette, alors oublions ça.

— Oublier, c'est facile à dire. Dis donc ça à ta sœur.

— J'ai dit que je le regrettais!

Crime! C'est rien qu'un maudit cadeau! La mère est pire que Jennifer quand elle veut être désagréable. Je le prends pas, c'est toute. Je m'en vas dans ma chambre. C'est pas vivable, quand votre propre famille est pas capable de comprendre une blague, sacrement!

JENNIFER

Au bout de quelques minutes dans ma chambre, je suis plus fâchée contre moi-même que contre Chris, le petit imbécile! J'aurais dû l'engueuler; c'est ça que j'aurais dû faire. Il sait très bien que j'aime toujours Scott. Il se fiche de tout et de tous.

Chris s'en tire toujours trop facilement. C'est sûr, par exemple, que papa ne va rien lui dire quand il sera mis au courant de ce qu'il vient de me faire. À ce train-là, notre famille va bientôt devoir se faire examiner la tête. Certain que je vais m'en aller l'automne prochain. Je n'ai pas l'intention de m'éterniser ici une fois que l'école sera terminée.

On devrait pourtant mieux s'entendre. Ça n'a jamais été si mal qu'à présent. Chris ne grandira jamais. Il se pense drôle, mais loin de l'être, il se conduit tout simplement comme un enfant de deux ans. Et la moitié du temps, il me blâme moi quand papa se fâche. Ce n'est pas juste de sa part de rentrer ivre-mort un soir sur deux, et je considère que j'ai le droit de lui dire, qu'on en pense ce qu'on voudra. Ce n'est pas seulement son argent qu'il gaspille. Il faut qu'on en vive, nous autres aussi. Quel genre de père se soûle comme ça la veille de Noël?

Je me doute bien que c'est une des raisons pour lesquelles Scott m'a laissée, le fait de toujours dire ce que je pense. Il n'acceptait pas que je ne lui laisse pas toujours faire ce qu'il voulait. Je ne suis pas une sainte nitouche, et il le savait, mais je n'étais pas prête à le laisser aller au-delà d'un certain point. Si c'est seulement pour ça qu'il sortait avec moi, alors qu'il aille au diable, et je n'ai pas hésité à lui dire. Il a prétendu que je manquais de maturité, et ça m'a fâchée, parce que je me suis dit qu'il me pensait assez idiote pour tomber dans le panneau. Je lui ai dit qu'on avait besoin de temps, et que l'amour devrait nous suffire pour le moment; ça sonnait faux, mais je parlais sérieusement. Et quand il m'a dit qu'il m'aimait, je n'ai plus su s'il le pensait vraiment. On s'est quittés à cause que j'étais tellement mêlée, je suppose.

Mais ça m'achale, parce que je l'aime toujours et peut-être que lui aussi m'aime. Mais je ne vais certainement pas me traîner à ses pieds. Ça, jamais.

4

CHRIS

Il faut absolument que je sorte de la maison. Je peux plus endurer la façon qu'ils me tombent tous dessus. Pour un stupide cadeau! Je regrette ce que j'ai fait, mais c'était pas une raison pour en faire une telle histoire. Je comprendrai jamais mon idiote de sœur! Elle sait très bien que c'était pour faire une farce, et je lui redis à table, au souper. L'air qu'elle me fait est assez pour faire vomir un ours!

C'est le clou du repas. Papa arrive finalement, mais il a une telle gueule de bois, qu'il parvient à peine à dire deux mots. Je peux pas m'empêcher de le plaindre, quand même, à cause qu'il doit sûrement se sentir mal. La dinde aide pas non plus, ça c'est sûr. Il faut au moins un gallon d'eau pour arriver à avaler une fourchetée de viande blanche. Et sans farce, même si maman sait que c'est ce que je préfère. Vers une heure et demie, j'appelle Tompkins pour voir ce qui fait. Tompkins, c'est mon meilleur copain. J'avais d'abord songé à appeler Monica, mais je vas probablement attendre à plus tard pour le faire.

J'ai tiré le fil du téléphone jusque dans le corridor et j'ai fermé la porte autant que j'ai pu.

— Salut, le thon, quécé que tu fais?

— Je sus assis, pis je réponds au téléphone, qu'il dit.

Tompkins a un drôle de sens de l'humour, des fois.

— Tu me dis pas. Quoi d'autre?

— Pas grand chose. Devine ce que j'ai eu à Noël?

— Bo Derek?

— Tu brûles.

— Une nouvelle brassière?

— T'aime prendre des chances avec ta vie, mon gars.

— Quécé que c'est? Enweille, accouche!

— Viens voir.

Tompkins habite à seulement quèques minutes de marche de chez nous. Il fait assez froid dehors pour vous geler la peau et il neige en plus, alors je lambine pas pour me rendre chez lui. À bout de souffle, j'aperçois enfin la porte de derrière de sa maison. Savez-vous c'que le bêta a de garé à côté des marches? Un deux-cylindres Citation flambant neuf! Sans blague!

— Ça a été ton cadeau de Noël, ton propre skidoo?

— Ouais.

— Tu veux dire qu'il est à toi tout seul?

— Pas exactement. Shawn va avoir le droit de s'en servir des fois, c'était la condition. Shawn est son frère de onze ans.

— Eille, mon gars, c'est pas mal ça, pas mal en toute! (Une Citation 4500. J'en suis pas encore revenu.) L'as-tu déjà essayé?

— J'ai dépensé un demi-tank de gaz à matin.

— Il a du cœur au ventre?

— Je te prie de croire!

— Combien t'as fait?

— Je l'ai pas encore mis à la planche. Je veux le roder comme il faut.

Crime! un skidoo! Y a des gars qui viennent au monde chanceux. Le père de Tompkins a de l'argent. Il est pas riche, mais il doit ben gagner sa vie au bureau de poste.

Cet après-midi là, il l'essaie encore. En fait, on passe tout l'après-midi à se promener dessus. Une fois qu'on s'est débarrassés de Shawn, on part sur une des petites routes de campagne pendant à peu près cinq milles. On a dit à son père qu'on allait aller à la pêche sur la glace, et pour faire plus vrai, on a emporté une foreuse. Mais c'est trop le *fun* de lui faire faire des aller-retour sur les étangs et de se promener un peu partout à toute vitesse, pour penser à ça. Pour avoir du cœur au ventre, il en a. Il pourrait pas battre le Yamaha de Bill Benson, mais il est quand même pas mal. Je le refuserais pas, en tous les cas, si quèqu'un me donnait les clefs pour Noël.

Les deux albums que j'ai apportés chez Tompkins sont pas trop fameux comparés à ce qu'il a reçu, lui, pour Noël; mais un peu plus tard, on les essaie sur le stéréo dans sa chambre. Son père avait acheté une table tournante, des amplis et des haut-parleurs, alentour de mille piastres d'équipement stéréo, l'année dernière, mais au bout d'un mois, ça s'est tout retrouvé en bas dans la chambre de Steve, à cause que la musique qu'il jouait rendait ses parents fous. On aime pas mal les mêmes groupes, excepté que pour lui, c'est Elvis Costello et The Clash qui viennent avant tout. Je les aime ben aussi, mais lui, il est fou de toute ce qu'est nouvelle vague.

La mère de Tompkins m'invite à rester pour le souper. Je refuse d'abord, à cause que je me dis que c'est pas poli de sauter sur l'offre comme un affamé, mais en insistant un peu, elle me fait changer d'idée. J'appelle la mère pour lui dire que je vas pas rentrer souper. Je m'entends pas mal avec les parents de Tompkins, même si sa mère a pas une conversation trop excitante. Elle me demande comment vont mes parents, je lui réponds oké, et elle se met ensuite à parler de choses au boute, comme la température et les gâteaux de Noël — ce que j'aime le mieux, les gâteaux aux fruits, pâles ou foncés. Elle dit que Steve aime toutes les sortes de gâteaux aux fruits. Je lui dis que j'en douterais pas une minute. Tompkins fait un poing et se met à le cogner dans la paume de son autre main, dans le dos de sa mère.

Je suis pas le seul invité à table, alors je participe pas longtemps à la conversation. Y a l'oncle et la tante de Steve et leurs deux 'tis culs, et une autre tante pas mariée et le grand-père de Steve. Ça fait qu'on est onze autour d'une grande table. C'est comme dans les annonces à la TV, jusqu'au beurre de la dinde qui coule quand on la coupe en deux. Des piles de patates, du chou, de la purée de pois cassés et des navets.

Pour moi, c'est la répétition du dîner, excepté que je mange plus, à cause que je suis plus de bonne humeur. Pis y a une couple de bouteilles de Cold Duck pour aider à avaler tout ça. J'en ai déjà pris trois verres quand je me rends compte que la mère de Tompkins a l'air de trouver que j'y vas un peu fort. Je ralentis un peu. Elle surveille Steve encore plus fort. Lui, la face de rat, il fait semblant qu'il aime pas trop ça. Je devrais dire à sa mère que ce qu'il aimerait c'est une bonne bière froide. De la Labatt Bleue, sa préférée. Là, Tompkins serait content!

Ce qui m'amène vraiment l'eau à la bouche, par exemple, c'est pas le vin, mais le pouding à la vapeur qu'elle nous sert pour dessert. Tu parles que c'est bon! Rien que la sauce au rhum et aux noix est assez pour vous faire triper. J'en reprends trois fois. J'ai le ventre qui menace d'éclater à force de me remplir. En me levant de table, je suis obligé d'aller m'affaler sur le lit de Steve, tellement je suis plein. Sans farce!

Étendus là, on jongle à ce qu'on pourrait faire le restant de la soirée. On pourrait toujours aller se promener encore en skidoo; mais pour ça, il faudrait d'abord qu'il demande à son père. Tompkins est toujours obligé de tout clairer avec son paternel qui lui dit qu'il a déjà fait marcher son engin toute la journée et pis que sa mère aime pas le voir se promener quand il fait noir. Il pourrait entrer dans une clôture ou quèque chose. Ça prend ben une mère pour inventer des raisons comme ça! Bon, quoi d'autre? Les filles, ben sûr. Mais c'est pas un bon soir, à cause que le soir de Noël, tout est fermé. Et je raffole pas de me geler le cul à me promener de long en large sur les routes.

J'appelle quand même Monica. On pourrait dire que c'est mon amie, je suppose. Elle est, dans tous les cas, ce qui s'en rapprocherait le plus. Je sors plus ou moins régulièrement avec elle depuis quèques mois, et je l'aime pas mal. Je la ramène souvent chez elle. Je trouve que c'est un très bon exercice. Pour les mains...

— Salut. Ques'tu fais?

— Je regarde *Le Noël de Charlie Brown* à la TV. (Monica a des drôles de goûts, des fois.)

— J'suis chez Tompkins. Vas-tu aller quèque part plus tard?

— J'pense pas, non.

— Pourquoi pas?

— Louise va venir ici dans une heure, et après ça, il faut que je reste.

— Pourquoi ça?

— Il faut que je garde. Papa et maman sont invités à une soirée.

— On va venir vous aider à garder. (Entre autres choses).

— Ouais..!

— Pourquoi pas?

— On a pas le droit d'avoir personne.

— On va venir une fois que les enfants seront couchés.

— C'est pas la peine de vous montrer, vous pourrez pas entrer. Toutes les portes vont être barrées. (Elle rigole.)

— T'es pas le *fun*. Vous allez vous ennuyer à mourir toutes les deux. Quécé que vous allez faire pour passer le temps — jouer aux dominos?

— Écoute, il faut que je raccroche. Y'a quelqu'un qu'a besoin du téléphone. Je te verrai demain, oké?

Je suis pas sûr si elle me fait marcher ou non. Y a des fois, quand on parle à Monica, elle vous fait sentir que vous êtes la seule personne à qui elle pense jamais. Plus souvent, je sais pas... c'est comme si elle avait un million d'autres choses dans la tête.

— Elle est obligée de garder, que je dis à Tompkins. Elle voulait qu'on vienne, mais sa mère a jamais voulu en entendre parler. Ça l'a pas mal fâchée.

— J'en suis sûr.

— C'est ben que trop vrai! Elle peut jamais en avoir assez de moi, je suppose...

46

Surtout de certaines parties... (Je fais un grand sourire.)

En fin de compte, on finit par rien faire qui mériterait d'être dans le journal. On fait jouer des albums, pis on court après Shawn et les autres petits monstres autour de la chambre. Croyez-le ou non, on joue même à la cachette avec eux autres dans le sou-bassement, juste pour s'amuser. Je les trouve ben le *fun*, les enfants des fois. Pis on passe au moins deux heures à jouer avec le jeu de football électronique que Shawn a reçu pour Noël. On lui rend, une fois que la batterie se met à faiblir.

Ensuite je m'amuse un peu avec la guitare de Tompkins. Il me montre à en jouer depuis une couple de mois. Il joue pas mal, lui. C'est pas Eric Clapton, mais il sonne ben sur son système de son. Ça c'est une autre affaire que j'aimerais pas mal avoir : une guitare. Si seulement j'avais l'argent.

Je finis par passer la nuit de Noël chez lui. Il m'a tanné toute la soirée pour que je reste, et, de toutes les manières, j'ai pas tellement envie de rentrer chez nous. Je téléphone à la maison et c'est Jennifer qui répond. Je lui demande de faire le message à maman, pis je lui dis un bonsoir rapide. Avant de nous coucher, on mange encore une fois, à cause qu'y a longtemps asteur qu'on a digéré la dinde, pis le pouding. On se remplit de crème à la glace, c'te fois, avec des mini-pizzas «on the side».

Je dors par terre dans un sac de couchage, et Tompkins va dans son lit. On laisse marcher le stéréo, mais très bas, à cause que tout le monde dort dans la maison. Des fois, l'été, par exemple, quand on va passer la nuit à camper avec une bande de gars, on peut rester debout jusqu'à des deux-trois heures du matin, Tompkins et moi, à parler et conter des blagues. Moi, les bonnes histoires, je me les rappelle jamais, mais Tompkins lui... il a une mémoire d'éléphant pour les histoires salées. Et il en invente à propos des cabinets qui vous feraient vomir si vous aviez pas l'estomac solide. Il devrait pourtant savoir qu'il peut pas me battre sur ce terrain-là.

On en arrive, comme toujours, à discuter de quelle fille on aimerait avoir dans son lit, pour une nuit.

— Moi, je prendrais Pam Stacey, dit Tompkins.

— Je refuserais pas de l'embrasser, c'est sûr.

— Tu parles!

— Je pensais qu'y avait que Monica pour toi?

— C'est vrai... la plupart du temps. Quécé que t'en penses?

— Monica?

— Oui.

— Elle est pas mal, je suppose.

— C'est toute? Non, dis-moi vraiment c'que t'en penses.

— Je sais pas.

— Tu le sais, mais tu veux pas le dire.

— Elle est pas mon type. C'est toi qui sors avec, tu devrais la connaître.

— Oui, je devrais, je suppose.

5

MON PÈRE

Il faut être toffe avec les jeunes. Vous pouvez pas les laisser vous faire la loi. La moitié de ce qui va pas dans le monde aujourd'hui, c'est à cause que c'est eux qui mènent. J'ai dû lui mettre le grappin dessus, à la p'tite. À seize ans, ça croit tout savoir. Effrontée avec ça. Et si y a une chose que je peux pas supporter, c'est l'effronterie. Pourtant, elle aurait dû s'douter qu'à un moment donné, j'en aurais assez.

Non, elle le méritait en sacrement! Sa mère peut dire ce qu'elle veut, elle le méritait! J'ai jamais aimé fesser les enfants, et ça, Lucy le sait; mais j'allais pas supporter plus longtemps qu'elle me parle de c'te façon-là, à ma face. «T'as encore bu!», qu'elle m'a dit, et a s'est mise à m'engueuler à cause que j'avais une bouteille de bière à la main — comme si c'était de ses affaires! Laissez-moi vous dire que j'ai pas élevé mes enfants pour qu'ils se fourrent le nez dans mes affaires. C'était rien que ma deuxième de la journée, après toute. Et deux bières, c'est rien pantoute.

C'est pas surprenant que je prenne un verre. La place icitte s'en va chez le 'iable. Pas moyen de se trouver une job assez payante pour pouvoir vivre. Je travaillais au moulin à scie, mais ils ont dû le fermer, à cause qu'ils ont pas pu trouver quèqu'un capable de le faire marcher comme du monde. Pas rien que ça : quand tu veux construire quèque chose, le seul bois de charpente que tu peux trouver — qu'a du bon sens — c'est celui qu'ils transportent par camion de la terre ferme. Avec notre bois à nous autres qui pourrit sur place! Le gouvernement mériterait un bon coup de pied dans le derrière.

Je me suis fait *slacker* au mois d'octobre, et on croirait que j'aurais pu me trouver du travail depuis ce temps-là. Pensez-vous! Je passe mes journées à rien faire, excepté toucher mon chômage, et attendre que quèqu'un nous arrive avec une subvention des Travaux Publics ou une autre maudite affaire de même. Et quécé qu'ils vous paient alors? Le salaire minimum. Le gouvernement s'attend à ce que vous faisiez vivre une femme et deux enfants sur le salaire minimum, avec les prix ce qu'ils sont aujourd'hui! Pas surprenant si je prends un coup.

Vivre sur le chômage, si y a pas de travail pantoute, ou ben foute le camp en Alberta ou ben à Toronto quèque part chercher une job. Ça, ou ben être sur le bien-être social, et ça, pour moé, jamais, vous pouvez en être sûr. Le père l'a jamais fait, et lui, il a connu des temps encore plus durs que moé. Combien y a de monde qui dépendent du gouvernement, à cause qu'ils sont trop paresseux pour se chercher du travail. Ils ont mal au dos, qu'ils disent. Ouais, j'en connais de ces dos-là!

S'il le faut, je finirai ben par prendre mes affaires et partir en Alberta. J'ai un cousin germain là-bas, et il réussit ben. Il travaille comme contremaître, et il pourrait me trouver une job vite faite. Je veux pas m'en aller, c'est ben sûr. Ni Luce, ni Chris non plus. Mais quécé que je peux faire d'autre? Si j'avais de l'argent et qu'y avait moyen d'en vivre, je m'achèterais un bateau de pêche. On parle d'ouvrir une poissonnerie icitte, mais ça peut prendre dix ans. Ça me rend malade de passer mes journées à rien faire. J'me donne encore deux, trois mois, et si je trouve rien, je pars. Je vas laisser Lucy et les enfants icitte et aller voir si je peux pas me trouver du travail en Alberta.

Entre-temps, je prends un coup, c'est vrai et je joue aux dards au club. Crime, y a rien d'autre à faire! Aujourd'hui, c'est la Saint-Stéphane. Il va y avoir à boire pour sûr. Tantôt, comme toutes les années, les gars vont s'amener boire un verre, et ensuite on va faire la tournée, j'imagine. Je vas pas refuser de prendre quèques verres le jour de la Saint-Stéphane, c'est ben certain. Autrement, Noël serait pas Noël.

CHRIS

Quand je pars finalement de chez Tompkins, il est deux heures de l'après-midi. Je marche environ un quart d'heure pour me rendre chez Monica. Elle est pas chez elle, et sa mère a aucune idée d'où qu'elle peut être. Elle doit être en train de me chercher.

Je la rencontre nulle part. Et il est quatre heures ou plus quand j'abandonne, pour rentrer chez nous à pied.

Quand j'arrive là, la cuisine est remplie d'hommes. Y a un quarante onces, encore aux trois quarts plein, sur la table, et un plat avec les restes de la dinde, que la moitié des invités inspecte de près. Je les connais tous jusqu'au dernier. C'est tous des gens d'alentour de chez nous, et ils sont en train de faire leurs visites du lendemain de Noël. Notre maison est généralement une des premières où ils s'arrêtent.

Y en a quèques-uns qui sont déjà à moitié chauds. Ils ont dû prendre de l'avance sur les autres, parce que d'habitude, ils prennent seulement un verre dans chaque maison. Ils restent dix minutes à une place, pis ils repartent. Si y a des hommes qui veulent les suivre, ils partent avec eux autres. À huit, neuf heures du soir, ils peuvent être jusqu'à deux douzaines dans la bande — ceux qui peuvent encore marcher... On s'amuse ben, d'ordinaire, parce qu'y a toujours deux, trois comiques dans le groupe, et des fois un gars avec une musique à bouche ou un accordéon. Maman prend assez ben tout ça, je suppose. J'aurais pensé qu'après hier, elle aurait encore été de mauvaise humeur. Mais c'est difficile d'avoir la face longue avec c'te bande-là. Après tout, c'est le temps des fêtes, et les fêtards de *Boxing Day*, existent depuis aussi longtemps que je peux me rappeler. C'est pas comme y a quèques années, par exemple. Je me rappelle que dans ce temps-là, elle cuisinait exprès pour la visite, et elle était la première à demander à quèqu'un de chanter, au lieu de rester debout sans rien dire, accotée à l'évier de la cuisine, comme astheur. Les hommes s'en rendent compte aussi, je pense.

Betôt, quèqu'un crie qu'il est temps de partir, sinon qu'ils réussiront jamais à faire toutes les maisons. Ils sortent les uns après les autres, avec papa à leur suite, comme bien entendu.

— Gord, regarde où tu vas! recommande ma mère. Je m'attends toujours à avoir un coup de téléphone m'apprenant que tu t'es fait frapper par un char ou quèque chose.

— T'inquiète pas.

— Tu vas pas sortir nu-tête! Des coups pour attraper une pneumonie!

— Trouve-moé vite quèque chose à mettre alors.

Il a l'air prêt à rentrer dans la cuisine. Il s'attendait probablement à ce qu'elle essaie de l'empêcher de sortir.

Il me regarde — la seule personne qui reste dans la cuisine.

— Où-ce que t'as été, Chris?

— Nulle part de spécial.

— T'as été courir après les filles avec ton ami Steve, hein?

Je souris, pis je crie au fond du corridor :

— M'man, y a personne qui m'a appelé?

— Non, qu'elle me répond.

— J'le savais, qu'il reprend. Je vois pas ce qu'elles peuvent vous trouver, vous deux.

— Elles doivent nous trouver beaux, que je réponds en me frottant le menton et en me clairant la voix.

Il se met à rire.

— Devine quoi, que je lui demande.

— Quoi?

— Le père de Steve lui a acheté un nouveau skidoo pour Noël.

— Tu me dis pas.

— Ouais.

— C'est fameux, ça.

— Ouais.

Il arrête d'en parler, alors je lui demande :

— Quécé qui s'est passé à propos du skidoo de seconde main que t'avais dit qu'on pourrait têt ben acheter à Wilf Drover?

— Il en demande trop cher.

— Combien?

— Cinq cents piastres.

— Il est en bon état, par exemple, que je lui dis.

— Aucune chance. Si on a pas l'argent, on a pas l'argent.

— Tu pourrais p'tête le faire baisser?

— On verra. Luce, apporte-moi vite mon casse. Ils auront déjà fait la moitié du chemin.

Ça, ça veut dire qu'il va même pas essayer.

— Un autre hiver sans skidoo!

— Recommence pas avec tes histoires de skidoo, Chris! J'en ai eu plein l'dos l'hiver passé.

Maman revient dans la cuisine en lui apportant sa casquette, avec Jennifer qui la suit. Papa a l'air surpris de la voir. Elle a l'air encore plus grincheuse que d'habitude, à cause qu'on dirait qu'elle a la face comme enflée. Je peux pas voir exactement, vu qu'elle est tellement grimée.

— Quécé qui va pas encore? que maman demande à papa.

— Encore les maudits skidoos. Il fallait s'y attendre.

— Je t'ai juste demandé, que je dis au père. Juste demandé.

Jennifer ouvre alors sa grande trappe.

— Comment? Vous voulez dire que notre cher petit Chris n'a pas eu ce qu'il voulait, pour une fois?

— Recommence pas là, toé, la prévient maman.

En disant ça, elle se met devant le père et le pousse pratiquement dehors.

— Enweille! lui dit-elle.

Mais il la repousse du bras et rentre de force.

— Quécé qu'tu veux dire par là? qu'il demande à Jennifer.

— Exactement ce que j'ai dit.

— Écoute, là, ma fille, commence pas à faire l'effrontée avec moé. Si la claque que je t'ai donnée à matin t'a pas suffi, j'en ai une autre en réserve qui ferait têt ben l'affaire.

— Gord, j't'ai dit d'y aller, si tu y vas. Y a une minute, tu pouvais pas attendre. Va-t-en!

Elle essaie de le faire ressortir dans le portique. Il part, mais seulement après avoir vérifié que Jennifer allait pas recommencer. Après son départ, maman ferme la porte de dehors, pis elle rentre et ferme la porte de la cuisine.

— L'espèce d'escogriffe! que dit ma sœur.

— Écoute, Jennifer!

— J'espère qu'il va rentrer tellement soûl qu'il va pas s'en remettre avant une semaine!

— Jennifer, fais attention à ce que tu dis!

— Cos' qui lui prend?

Aucune des deux me répond.

— Quécé qui s'est passé? Il l'a-t-y vraiment frappée?

— Chris, ça te regarde pas.

Elles veulent rien me dire. Je crois vraiment pas qu'il la frapperait. Pourtant, c'est vrai qu'elle a la face enflée.

— Oui, il m'a frappée. Content?

— Pourquoi?

— Parce qu'il est débile, c'est pour ça.

— Tais-toi, Jennifer, dit la mère. Si tu te faisais pas toujours aller la langue, têt ben qu'il se serait pas fâché.

— Tu prends pour lui, astheur!

— Je prends pas pour personne. Oublie ça, c'est tout ce que t'as à faire. Oublier.

— Oublier? Sûr!

— Je discute pas avec toé, alors commence pas. Ça suffit pour aujourd'hui. Je veux plus en entendre parler.

Maman va dans l'armoire chercher la balayeuse et la traîne dans le salon. Une fois qu'elle la met en marche, son bruit d'enfer recouvre toute.

J'ai jamais vu le père se fâcher comme ça avec Jennifer. Je peux pas imaginer qu'il irait jusque-là; pas papa. Crime, je sais pas pourtant... Il est tellement à pic dernièrement, qu'il est capable de faire n'importe quoi. N'empêche que je le vois pas perdre le contrôle jusqu'à donner une claque à Jennifer sur le côté de la face. S'il l'a fait, il est pas mal malade.

Maudit! Je sais pas ce qu'il a, le père. Astheur, rien que d'être dans la maison, c'est devenu énervant.

MA MÈRE

Dans le temps, à Noël, la maison pouvait être deux fois plus à l'envers, et ça m'agaçait pas moitié autant de tout nettoyer. Pis encore, on avait pas de tapis sur le plancher du salon, c'était ben plus de travail. Si Jennifer était obligée aujourd'hui de faire ce que ma mère me faisait faire quand j'avais son âge, elle aurait pas le temps de se disputer comme t'à l'heure. Pas que je suis une miette d'accord avec ce que Gord a fait, mais le problème c'est qu'elle a trop de temps pour lambiner dans la maison.

Des fois, je souhaiterais qu'y ait pas de Noël. C'est effrayant de dire ça, mais Dieu sait que c'était jamais supposé être ce que c'est devenu de nos jours. Une bonne excuse pour dépenser et se soûler, c'est rien que ça. Pis les jeunes, astheur! Ils sont pas contents à moins que ça coûte deux cent piastres. L'envie me prend de flanquer l'arbre pis tout ce qui va avec aux vidanges.

Dans ce temps-là, on était ben contents de recevoir une paire de mitaines, pis quèques bonbons. Il fallait ben l'être, c'est tout ce qu'on allait recevoir. Pis, si vot' père avait le temps de vous fabriquer un berceau pour vot' poupée ou quèque chose du genre, mon doux Seigneur, on pensait avoir une fortune! On en dormait pas pendant une semaine. Aujourd'hui, la moitié des familles sont endettées jusqu'au mois d'août, à cause des choses qu'elles ont achetées pour leurs enfants à Noël! Pas nous autres, dans tous les cas.

J'en ai par-dessus la tête. J'ai hâte que les vacances finissent pour qu'ils retournent tous les deux à l'école, c'est la vraie vérité! Pis, ce soir, je dormirai pas encore jusqu'à deux heures du matin, je le sens. Ils vont le lâcher devant sa porte, ivre mort pour changer. La moitié du temps, astheur, je me sacre de ce qui lui arrive. C'est un vrai scandale; il est pire que jamais.

Ça me fait rien qu'il prenne quèques verres. On survivrait pas longtemps dans le monde d'aujourd'hui sans ça. Mais y a tant de boisson qui circule de nos jours, qu'ils savent pas quand s'arrêter. Autrefois, chaque famille avait une ou deux bouteilles qui leur durait pendant tout le temps des fêtes. Astheur, ils sont pas satisfaits tant qu'ils ont pas vu le fond de la bouteille qu'est sur la table.

6

CHRIS

J'ai passé tout le mois de janvier sans skidoo. Pis tout le mois de février. J'espérais plus, après ça, et on en a jamais plus reparlé à la maison, durant le reste de l'hiver. Tompkins m'a souvent laissé conduire le sien, mais c'est jamais aussi l'*fun* que d'avoir le sien, ben à soi.

Et devinez ce que le paternel a été faire c'te semaine? Il a vendu le char!

Il était vieux de cinq ans et pas en ben bonne condition, mais c'était au moins quatre roues pour se promener. Il a dit qu'on avait besoin de l'argent. Pour s'acheter de la boisson, j'en doute pas. Je suppose que quand je serai en âge d'avoir mon permis, j'aurai plus rien à conduire. Ça fait six ans que je compte les jours avant de pouvoir passer mes examens de débutant. Je peux conduire asteur aussi ben que je conduirai jamais, vu que ça fait tellement longtemps que je pratique. Crime! j'ai enduré de pas avoir de skidoo, je vas m'avoir un char, même si je suis obligé de me trouver une job pour y arriver.

Je passe pas beaucoup de temps à la maison, ces jours-ci. Pourquoi faire? On peut pas dire deux mots sans qu'la chicane éclate. Le seul *fun* que j'ai eu depuis deux semaines, ça a été avec Tompkins.

Et Norm, le père de Tompkins. On est allés chasser, samedi passé. On s'est pas mal démerdés aussi : on a rapporté trois douzaines et demie d'oiseaux à nous trois. C'était la première fois que je chassais l'oiseau de mer. J'avais espéré le faire cet hiver avec mon père, mais ça s'est jamais arrangé. Samedi, ça été vraiment le *fun*, par exemple. On a frappé un bon jour : froid, ensoleillé, presque pas de vagues. Pour commencer, on s'attendait pas à avoir beaucoup de chance; mais vers sept heures, on est arrivés en plein sur eux. Norm dit que c'est une des fois où il en a vu le plus. Il m'a fait m'occuper du moteur, pour que Steve et lui aient la chance de tirer.

Après qu'il en a eu tué environ une demi-douzaine, Steve a pris le gouvernail et m'a passé son fusil. Y avait quèques oiseaux qui étaient pas loin du bateau, mais j'ai dû viser trop haut, je les ai tous manqués. Après que je me suis habitué au fusil, ça a pas mal été. Cinq oiseaux, je dirais que c'est pas mal pour une première fois. Je vous dirai une chose : ça faisait vraiment plaisir de voir le père de Tompkins les ramener dans le bateau avec le filet.

À dix heures, on a recommencé. Norm pensait qu'on verrait têt ben un phoque, mais on a pas eu c'te chance-là. Ce matin-là, on a fini par tuer tous les oiseaux, et on en a mangé six pour souper. La mère de Tompkins y est pas allée de main morte pour leur donner du goût.

À tout prendre, c'est ce que j'ai fait de plus le *fun* dernièrement. Ça, pis aller dans les bois. Moi, pis Tompkins, on passe pas mal de temps dans les bois, après l'école, à couper des bouleaux. On a dû en couper au moins cent cinquante qu'on a tirés en skidoo. On devrait se faire pas mal d'argent, une fois qu'on les aura débités et vendus. On en a déjà placé la moitié, d'avance.

Ça me ferait du bien d'avoir un peu d'argent, avec tous mes autres problèmes.

Mes notes scolaires, entre autres. Ils ont pas de quoi se réjouir, ces temps-ci.

Et pis, y a Monica. Ça s'est passé vendredi soir dernier, à la danse des jeunes, à la Légion. Je l'attendais depuis une bonne heure quand elle est arrivée.

— Où c'est que t'as été, tout ce temps-là? que je lui ai demandé quand elle a finalement passé la porte.

— J'ai dû garder. Maman vient seulement de revenir à la maison.

— Comment ça se fait que tu m'as pas dit que t'étais obligée de garder?

— Je le savais pas moi-même, jusqu'au moment de me préparer pour la danse. Et je peux pas rester longtemps. Il faut qu'elle ressorte dans une demi-heure.

— Tu parles d'une affaire!

— Ça sert à rien de te fâcher. Tu veux danser ou quoi?

— Je sais pas.

Elle m'a tellement embêté, qu'au bout d'un moment je me suis retrouvé sur le plancher de danse. J'en avais pas ben envie pour commencer, mais elle s'est mise à me faire des choses qui m'ont vite fait changer d'idée. Comme se coller pendant le slow plus qu'elle l'avait jamais fait avant. Et m'embrasser dans le cou. Pis en plein sur la bouche, en insistant. C'était à se demander à quoi elle pourrait penser après.

— Je ferais mieux de partir, qu'elle me dit ensuite, après seulement deux trois chansons.

— Ça fait pas encore une demi-heure.

— Ça le fera quand j'arriverai chez nous.

— Je vas te reconduire.

— Laisse faire, reste ici. Je suis sûre que maman va m'attendre à la porte. À demain! (Et elle m'a embrassé encore une fois.)

Alors je l'ai laissée partir, et je suis resté assis là pendant dix minutes, comme un imbécile.

C'est que, vous voyez, à moins d'avoir pris quèques bières, mettons, c'est pas drôle en toute de pas être avec une fille quand tu vas à une danse. Je dois avoir l'air fin, assis là tout seul. Ça va encore, s'il y a des gens qui parlent autour de vous. Mais quand ils s'en vont tous par paires, et que tu restes tout seul, tu te sens comme un imbécile. Ou ben t'as le choix de danser avec une laideronne que personne a voulu inviter, un espèce de rejet de chirurgie plastique.

Y a eu qu'une chose de bien, à rester assis comme ça, c'est que j'ai pu examiner Susan Murphy sur toutes les coutures. Je pouvais pas arrêter de la regarder. Elle dansait avec son chum. Je peux vraiment pas voir ce qu'elle lui trouve, à ce gars-là.

Même quand je me suis levé pour sortir, je pensais qu'à elle. J'ai pensé que la meilleure chose c'était de trouver des gars et de voir si y avait de la bière quèque part. J'ai jeté un coup d'œil en arrière de la Légion, mais y avait personne, excepté pour quèques couples qui neckaient. Les gars étaient têt ben dans un des chars parqués dans le champ, de l'autre côté de la route.

Mais le seul qui paraissait avoir du monde dedans, c'était celui de Len Ivany. Il savait têt ben où-ce qu'ils étaient. Je suis allé frapper à la fenêtre de son auto.

J'allais frapper encore, quand, tout à coup, je me suis rendu compte de la raison pourquoi il se pressait pas pour la baisser : la gardienne était là en chair et en os — Monica!

— Comment ça va, Chris? qu'il me dit en m'apercevant.

— Laisse faire.

Je vire de bord pis je me retrouve de l'autre côté du chemin.

— Il fait juste me reconduire chez nous, que j'entends Monica dire comme je partais.

Elle me prend vraiment pour un imbécile. Garder. Garder, mon cul! La maudite! Elle peut se trouver quèqu'un de moins poire que moi, à partir d'asteur. Je lui souhaite que ses nichons ratatinent!

Mais je m'en fous. Je l'ai jamais tellement aimée, après toute. À un moment donné, têt ben, mais sûrement pas asteur. Et je lui ai pas couru après juste pour pouvoir la tâter de temps en temps. D'un autre côté, il faut ben se trouver quèque chose de plus excitant à faire que de se crosser.

La vraie vérité, c'est que j'aurais laissé tomber c'te toune-là y a longtemps si j'avais pensé que j'avais une chance avec une fille comme Susan Murphy. Dommage qu'elle sorte avec ce crétin-là. Je gagerais que c'est surtout à cause de son bicycle à gaz. Ça peut paraître idiot, mais Susan Murphy me rend fou! Y en a têt ben qui sont mieux faites, mais elle a quèque chose qui me rend fou. C'est têt ben la façon qu'elle a de faire tout le temps des farces. Elle rit beaucoup, mais elle est pas bruyante ou rien comme ça. Elle a juste quèque chose...

Tous les soirs, depuis la danse, j'ai eu envie de lui téléphoner; mais je suppose que j'aurais l'air d'un vrai nono. Je suis oké si je connais pas mal une fille et que je suis sorti avec elle deux, trois fois; mais appeler une fille avec qui t'as pratiquement jamais parlé, et que t'aimes ben en plus... tu risques d'avoir l'air fou.

Tompkins me dit de foncer, que ça va rien me donner de juste y penser. Tout ce que je veux, au fond, c'est lui parler, lui faire comprendre que j'l'aime.

Je commence ben cool :

— Salut. Ici Chris. Je viens de me faire cinq piastres avec ce coup de téléphone.

— Chris qui?

Chris qui? Ben maudit!

— Chris Slade. Tu connais Steve Tompkins? Il m'a dit qu'il me donnerait cinq piastres si je te téléphonais.

Il l'a pas vraiment fait, mais j'ai pensé que ça serait une bonne entrée en matière. On a tout de suite de quoi parler, à la place de ah par-ci et ah par-là, pas vrai?

— Pour quoi ça, il souffre d'arthrite?

Voyez ce que je veux dire à propos de son sens de l'humour? Monica, elle, ferait juste rire comme une idiote.

— C'est pas *lui* qui avait à t'appeler, c'est *moi*. Il m'a gagé cinq piastres.

— C't'une bonne façon de se faire de l'argent. Quécé qu'il est, une voûte de banque?

— Il a des tonnes d'argent. Il loue ses services la nuit.

Ça, ça la fait rire. Steve, qui est debout à côté de moi, me donne un coup dans les gosses du dos de la main. Ayoye!, tu parles que ça fait mal! Je fais semblant de vouloir le frapper avec le téléphone.

— Vas-tu aller à la prochaine danse? que je réussis à lui demander en grognant, à cause que je suis toujours plié en deux.

— Probablement.

— Je te verrai têt ben là alors.

C'est là que le silence commence. Elle aurait été supposée dire oké ou quèque chose de même. Mais tout ce que j'entends c'est la ligne qui paraît morte, comme si elle avait botté le téléphone dans l'espace.

— Aimes-tu ça, aller à ces danses-là?

— Elles sont oké.

Silence.

— Oui, elles sont oké, que j'dis. (Toujours le silence.) As-tu beaucoup d'ouvrage à l'école?

— J'ai une composition demain.

— Ah.

Assez des formidables petites questions.

— Bon, ben, je dois te laisser.

— Oké.

Crime! quécé que ça veut dire : oké?

— À la revoyure.

— Salut.

Vous voyez ce que je veux dire quand je parle de gâter les choses?

Depuis, j'ai tout le temps eu envie de l'appeler. Mais à quoi ça sert, avec Casse de cuir qui la promène partout sur son bicycle? Y a des fois que j'aurais envie de planter une bombe dans son maudit casse. Ça lui mettrait de l'ordre dans les idées.

Si j'avais quèque chose à conduire, vous voyez... Je peux pas attendre d'avoir ma licence! Et un char ou un bicycle à gaz.

N'importe quelle sorte, j'm'en fous, à condition qu'il aille vite. Ça rend maman folle quand je lui dis que je m'en vas m'acheter un bicycle cet été, si je peux me trouver une job. Tout ce qu'elle sait dire c'est quécé qui se passerait si j'avais un accident. Je sais qu'y a ben des accidents avec les bicycles. Mais je ferais attention. C'est mosussement le *fun* à avoir, un bicycle.

La moitié du trouble, c'est que maman m'en veut toujours d'avoir arrêté de servir la messe. Je pouvais plus continuer. Je vas encore à l'église des fois, quand elle peut me sortir du lit. Mais je pouvais plus prendre tout ça. Et je lui ai dit que c'était pas la peine d'essayer de me faire changer d'idée. Je peux décider par moi-même. Papa pouvait pas dire grand-chose, du fait qu'il a pas mis les pieds à l'église lui-même depuis le mois de novembre.

Tompkins a pas approuvé la façon que j'ai lâché. Mais ça me fait rien. Lui, il a pas le courage de lâcher. Il a trop peur de ce que sa mère lui dirait. Elle pourrait se mettre dans la tête de vendre son skidoo, ou quèque chose de même.

Pour dire le vrai, c'est pas à eux autres que je pensais, surtout, mais plutôt au Révérend Wheaton. Il a toujours été très gentil avec moi, voyez. On s'est toujours très bien entendu, en fait. Il est pas du tout comme on imagine généralement un ministre. Il prend pas de grands airs, pis il vous frotte pas les cheveux comme si vous aviez six ans. Il vous parle comme à un gars de quinze ans, je veux dire, pas comme à un enfant. Il fait des tas de farces, mais le moment venu, il peut être sérieux aussi. C'est vraiment un chic type. C'est lui qui m'avait fait devenir enfant de chœur, et je reconnais que c'était oké. Pour dire le vrai, j'aimais ça. C'était comme une sorte de club : on faisait du sport ensemble, pis on faisait des excursions. Et c'est lui aussi qui m'avait d'abord fait venir au camp d'été. Notre église organise ces camps-là, d'une durée de dix jours, tous les étés, à Ochre Pond. C'est pas mal le *fun*. Ça fait trois ans d'affilée qu'on y va, Tompkins et moi. En fait, on serait supposés y retourner encore cette année, comme conseillers; du moins on avait donné nos noms au Révérend, l'été dernier, pour y aller.

Le camp, c'est pas une place ben religieuse. Y a pas des hymnes qui sortent des arbres ou rien comme ça. Y a un peu de religion, ben sûr. Il pourrait pas ne pas y en avoir, à cause qu'après toute, c't'un camp d'église. Mais, on s'en rend pas compte. Ça fait juste partie de tout le reste. Y a des sports, des feux de camp, du théâtre, pis on mène le diable. Mais ce que j'aime surtout, c'est qu'on rencontre du monde de partout.

Dans tous les cas, c'est Wheaton qui m'a fait aller là. À cause de ça, je me sentais mal de lui dire que j'abandonnais le service. Mais il le fallait. J'ai presque seize ans, après toute. J'ai trop d'autres choses dans la tête. J'ai demandé à Tompkins de lui faire le message. J'avais pas envie de lui dire à sa face, à cause que je savais qu'il essaierait de me faire changer d'idée. Je douterais pas que ça m'a enlevé mes chances d'aller à Ochre Pond comme conseiller, par exemple. C'est surtout à ça que je pense.

7

MON PÈRE

Finalement, après trois voyages à Bakerton, j'ai pu régler le problème de mon billet. À mon idée, la moitié des gens qui travaillent pour le gouvernement, savent pas ce qu'ils font la moitié du temps. Ils paient mon voyage à Calgary, pis ça a pris trois voyages à leurs bureaux pour arranger ça. Je pars samedi. Je peux plus endurer de rester ici sans job. J'ai cru pouvoir être embauché par l'Atlantic Construction, pour travailler sur la construction de routes, mais ça n'a jamais rien donné. Y a trop de monde pour les mêmes jobs. Quand je me suis rendu compte de ça, j'ai tout de suite téléphoné à Ches, à Calgary, et il m'a trouvé une job. J'ai pas l'intention de déménager la famille encore. Il faut d'abord que je voie comment j'aime ça. Je pourrais me trouver sur l'avion du retour après seulement deux semaines, si c'est pas à mon goût.

Luce et les deux enfants sont venus avec moi à l'aéroport. Dans l'auto de Jack, not' voisin. Il va les ramener à la maison, une fois que l'aéroplane sera parti. Ça me fait pas plaisir de laisser ma famille. Mais quécé que je peux faire d'autre? C'est ou ben ça, ou ben mourir de faim. Jennifer et Chris devraient être assez grands pour se débrouiller, asteur. Ça, au moins, c'est une bonne chose. C'est pas comme si je la laissais avec deux enfants en bas âge. Elle devrait pouvoir y arriver. Je lui ai dit de se faire aider par eux dans la maison. J'ai parlé à Chris avant de partir. Dans trois semaines l'école sera finie. Je lui ai dit de se trouver une job, après ça. Il va donner son nom à la Main-d'œuvre, mais je doute que ça lui fasse grand bien. «Garde les yeux ouverts et essaie de te trouver quèque chose pour l'été, que je lui ai dit. Même si c'est seulement pour deux, trois se- maines.»

76

Je dirais la même chose à Jennifer, mais elle m'écoute plus. Elle veut aller à l'université, à l'automne. Je vois pas comment on peut se le permettre. Têt ben que si je peux garder une job pas trop pire... Autrement, y va falloir qu'elle se trouve un prêt étudiant, c'est tout ce que je peux lui dire. Et si ça ne suffit pas, y va falloir qu'elle travaille pendant un an, pis qu'elle se mette de l'argent de côté. Elle dit pas grand-chose, pendant qu'on est tous assis dans le terminus, à attendre qu'ils annoncent le vol. Elle est beaucoup trop intéressés par tous les passants, pour même me lancer un regard. Chris s'amuse un moment avec un jeu d'autos ou quèque chose comme ça, mais ensuite, il vient s'assire à côté de moi.

— Rappelle-toi de ce que je t'ai dit à propos de te chercher une job.

— Ouais.

— Fais pas de bêtises. Et écoute ta mère.

— Oké, oké, quand penses-tu revenir?

— Je peux pas dire. Ça pourrait être dans deux semaines, comme dans deux mois ou dans dix mois. Ça va dépendre si j'aime ça.

— J'espère qu'on va pas être obligés de déménager. (Il fait une grimace.) Y aura têt ben quèque chose ici alors.

77

— Têt ben.

Luce est en train d'arranger le col de mon coupe-vent. Je peux pas supporter ça, moé, quand les femmes se mettent après vous de même.

— Je veux seulement que t'aies l'air propre. Si t'avais pas tant grossi du ventre, tes habits te feraient mieux. Tu vas pas voler à travers le Canada en ayant l'air d'un guenilloux! Astheur, as-tu compris oùcé que tu changes d'aéroplane?

— À Montréal. C'est écrit sur le billet.

— Si tu te retrouves pas, demande ton chemin.

— T'inquiète pas, j'vas arriver sans problème.

— Je sais ben que c'est pas la première fois que tu vas aller en aéroplane. Je m'inquiète juste pour si jamais il arrivait quèque chose. Appelle-nous la minute que tu seras arrivé là-bas, oublie pas! À n'importe quelle heure de la nuit.

On entend le haut-parleur d'Air Canada. C'est le temps de partir. Luce voudrait que je reste assis encore quèques minutes avec elle, mais j'aime autant en finir. Ils viennent avec moi jusqu'à la barrière de sécurité, excepté Jennifer. J'embrasse Luce et je me rends compte, tout d'un coup, que ça va être la première fois, depuis douze ans ou plus, qu'on va être séparés pendant un bout de temps. Depuis l'année que j'avais travaillé au Labrador.

Je mets mon bras autour des épaules de Chris et je lui dis de ben se conduire. Ensuite, je vas trouver Jennifer pour lui faire mes adieux. Elle me dit au revoir et je l'embrasse sur la joue.

— J'espère que tu vas ben réussir tes examens... J'veux dire, je sais que tu vas ben les réussir.

Elle arrive même pas à me regarder en face.

Quand je retourne faire la queue, y a plus que trois personnes devant moé, ça fait que je dis à Luce et à Chris qu'ils sont aussi ben de s'en aller.

Ce qu'y a de bête, c'est qu'une fois que la valise que je porte à la main est sur le tapis roulant la fille qu'est de l'autre bord — une espèce d'air bête — veut que j'ouvre le paquet qu'est dedans.

— C'est rien que quèques homards et quèques boîtes de conserve d'orignal (c'est un paquet que la mère de Ches m'a donné pour lui.)

— Je regrette, monsieur, mais je dois suivre les règlements.

Les maudits règlements. Une fois que j'sus à bord, je peux plus faire rentrer le paquet dans ma valise. Le zipper veut pas fermer. Je le fourre sous le siège et j'allume vite une cigarette pour me calmer avant qu'ils mettent le signe «ne fumez pas». J'ai jamais aimé être en aéroplane. J'me sens trop tassé.

CHRIS

Je m'ennuie pas mal du vieux. J'ai pas ben aimé le voir partir. Si c'était pas que j'ai plus besoin de l'écouter s'engueuler avec tout le monde, je m'ennuierais encore plus de lui.

Hier, c'était le dernier jour d'école. Quand ça a été fini, j'ai pris mon temps pour retourner à la maison. Comment est-ce que j'allais annoncer mes mauvais résultats à ma mère?

J'ai raté ma dixième, c'est un fait. La vie est pas très gaie ici dernièrement. Si ça continue, je vas devoir prendre des leçons pour apprendre comment être déprimé.

J'me suis senti pas mal idiot d'être un des deux seuls à rater son année. Tant pis, ce qu'est fait est fait. Avant Noël, ça marchait pas mal. Au moins, je passais. J'sais pas trop c'qu'est arrivé. J'ai moins travaillé, je suppose. J'ai eu beau essayer de m'y mettre la semaine des examens, y a rien eu à faire. Surtout avec la chaleur qu'on a eue, et les jours plus longs. À part de ça, la moitié de ce qu'on vous fait faire à l'école vaut pas d'la chnotte. À quoi ça va vous servir une fois que vous sortirez de là? Si tu travailles comme mécanicien ou comme soudeur, quicé qui va te questionner à propos du Traité de Versailles ou d'autres affaires de même? Qui qui va te demander de faire une équation idiote pour être capable de changer un set de bougies?

J'sais ben que c'est pas une excuse. J'aurais dû travailler toute l'année, pour arriver à passer. J'le sais ben. J'avais coutume de m'en tirer sans étudier en toute, mais je suppose qu'au secondaire, c'est plus aussi facile. Mais j'm'en sacre. L'école est finie pour c't'année. Si je m'écoutais, j'y retournerais jamais.

Maman a fini par voir mon bulletin. Je l'avais laissé sur la table de cuisine pour qu'elle ait quèque chose à lire si jamais elle s'embêtait à rien faire en revenant à la maison... Je l'ai pas revue avant de me lever vers onze heures, le lendemain matin. Elle a eu le temps d'apprendre mon bulletin par cœur, jusqu'aux détails les plus enthousiasmants : 4 E, 2 D, et un C. Au moins, j'ai été consistant.

Elle a pas envie de rire. Je peux pas dire que je m'y attendais pas.

— Commence pas à m'engueuler! que je lui dis. J'ai pas passé, pis c'est toute.

(Je suis pas d'humeur à me faire sermonner.)

Elle est pas facile à convaincre.

— Pense pas que tu vas t'en sortir comme ça! Comment est-ce que t'as fait pour être aussi mauvais?

— Ça a pas été facile.

— Essaie pas de faire le fin! T'as manqué c't'année, après avoir passé toutes les autres, y doit y avoir une raison.

— Blâme les professeurs.

— Les professeurs sont pas à blâmer si t'as eu 4 E. Fais pas l'imbécile.

— C'est ça, j'sus un imbécile. Tu l'as la raison.

— Chris, arrête-moi ça! Quécé qui te prend donc? À l'élémentaire, tu passais tout le temps, sans problème. Depuis que t'es au secondaire, ça été de pire en pire. Mais jamais autant qu'asteur! L'année dernière t'as pas eu des ben bonnes notes, mais au moins t'as passé dans toutes les matières.

— J'ai manqué une année, pis après? C'est la première fois.

— T'avais pas besoin, si t'avais étudié.

— J'haïs ça, étudier.

— C'est ce que je vois par tes résultats. Il va falloir que t'apprennes à aimer ça. Tu vas pas en mourir! Regarde Jennifer. Elle étudie elle, pis elle a de bons résultats.

Pourquoi est-ce que tu peux pas faire comme elle?

— À cause que je suis pas comme elle, et que je veux jamais l'être!

Je pars en flèche.

— Où est-ce que tu penses que tu t'en vas?

— Me trouver une job! que je lui crie.

— Reviens pour le souper!

Je lui réponds pas. Si elle veut une autre Jennifer, il va falloir qu'elle se trouve quèqu'un d'autre. Ce qu'elle m'a dit m'a démonté pour la journée. Quécé que je peux faire si j'ai manqué ma dixième? Personne y peut rien!

MA MÈRE

Je sais pas quoi en faire. Il a quinze ans, presque seize. Tu peux plus le disputer et l'envoyer se coucher!

C'est grandement la faute à Gord aussi. Dans son jeune âge, il était jamais têtu comme ça. On pouvait lui parler, le raisonner. Asteur, il croit tout savoir.

Tu peux pas forcer les jeunes à étudier. Tu peux leur répéter de le faire, à perdre haleine, et ensuite quécé qu'tu fais? Ils ont la chance d'aller à l'école, eux autres, mais ils aimeraient mieux traîner les rues. Ils savent pas comme ils sont chanceux. Moé, à quinze ans, j'ai été forcée d'abandonner l'école pour aller travailler. Et ça me brise le cœur de le voir jeter tout ça à l'eau.

Je sais pas... Peut-être que si les professeurs étaient plus sévères, ça lui serait jamais arrivé. On laisse trop les élèves faire à leur tête de nos jours, si vous voulez mon opinion. Y a plus de discipline, pas comme quand j'allais à l'école, en tout cas. Au moins, nous, on apprenait les bonnes manières.

Qu'est-ce qu'on peut faire? Le laisser tranquille, je suppose, et espérer qu'il apprendra. S'il passait quèques semaines à travailler de ses mains, il changerait vite d'idée. J'espère qu'il va se trouver du travail, en tout cas, pour pas perdre tout son été à rien faire.

Je suis tellement fatiguée quand j'arrive chez nous, le soir, que je pense rien qu'à me coucher. Avec Gord parti, y a pas grand-chose à faire dans la maison. C'est pour ça que j'ai fait ce que j'ai fait. Je me suis pris une job pour l'été.

C'est drôle quand même, après la façon que Gord s'est désâmé pour se trouver du travail, que c'est moé qu'est allée travailler. Ça paie pas grand-chose et c'est seulement pour l'été. Et pis, je fais juste la cuisine dans un endroit qui livre. C'est le frère de

Jack, Frank, qu'est le gérant, et je me doute ben que sans lui j'aurais pas eu c'te travail-là. Frank est ben gentil comme patron, par exemple.

C'est pas surtout pour moé que je l'ai fait. Jennifer veut aller à l'université au mois de septembre et je vas tout faire pour l'aider. Moé, j'ai jamais eu aucune chance comme ça, mais elle, elle va pas la manquer sa chance. Je sais pas sur combien on peut dépendre de ce que Gord se fait, alors si je peux mettre de l'argent de côté sur mon chèque, toutes les semaines, ça va l'aider. Jennifer m'achale depuis longtemps pour que j'aille travailler, pas parce qu'elle veut l'argent de suite, mais à cause qu'elle dit que ça me ferait du bien de sortir de la maison. Dix-sept ans à la tâche, ça vous déprimerait n'importe qui. Je l'aurais pas fait quand les enfants étaient jeunes, à cause que j'aurais pas voulu les faire élever par une gardienne; mais astheur qu'ils sont plus grands, je pense que c'est seulement juste que je sorte plus souvent.

La seule chose qui m'inquiète, c'est de penser que Chris va être tout seul à la maison. J'ai peur qu'il laisse le poêle allumé ou qu'il fasse quèqu'autre bêtise, et qu'il mette le feu. Ça me ferait rien si y avait juste Jennifer, à cause qu'elle sait faire attention; mais Chris, lui, il est capable de partir en laissant de la friture sur le poêle ou quéque chose comme ça. J'ai mis une note ben en vue dans la cuisine et je lui en ai parlé cent fois, alors il va peut-être s'en rappeler.

J'aime pas l'obliger à s'arranger tout seul, mais il devrait tout de même être en âge de pouvoir le faire. Il est pas à la maison la moitié du temps, de toutes les façons, et il a sa clef. Je pourrais pas le surveiller même si je restais là toute la journée, à cause qu'à cet âge-là, y a pas moyen de les suivre. J'ai confiance qu'il va pas faire de bêtises, par exemple. J'espère juste qu'il va se trouver du travail pour l'été. Mais même s'il faut que je l'y envoie à coups de bâton, il va retourner faire son secondaire 4, je vous le garantis.

8

CHRIS

Pour rendre les choses encore pires, je me suis pas encore trouvé une job. L'été va être plate en mosusse. J'ai essayé toutes les places où ce que je pensais avoir une chance, mais ou ben ils avaient pas de travail, ou ben ils avaient embauché quèqu'un de plus vieux que moi. Ce que j'aimerais vraiment, c'est une job dans une station de gaz. Ça c't'une bonne job d'été pour un gars. Mais savez-vous qui c'est qu'ils ont engagé chez Ultramar? Deux filles! Qui connaissent même pas la différence, ni l'une ni l'autre, entre un bouchon de réservoir et un phare d'auto! Je sais — Jennifer est une des deux, la mosusse. Oké, elle a besoin d'argent pour l'année prochaine, mais ça m'arrangerait aussi, moi, de m'faire quèques piastres. Je voudrais m'acheter un bicycle.

Pis une autre affaire qui me travaille, c'est que Tompkins, lui, il s'en est trouvé une job. Pas lui exactement, c'est son père qui lui a obtenue. Voyez, c'est pas ce que vous *savez*, c'est *qui* vous *connaissez* qui compte. Et il va l'avoir presque tout l'été. Son père est ami avec le gérant du Riverview Motel. Il va à la chasse à l'orignal avec lui tous les automnes et il l'a fait engager.

Ça me laisse pas plus avancé qu'avant. À traîner dans la maison tout l'été — ça, c'est vraiment excitant. À quinze ans, un gars a besoin de travailler, l'été. Il veut en profiter pour se faire un peu d'argent, ça me ferait rien de creuser des fossés, pourvu que ça me paie.

Le premier vendredi soir après le commencement des vacances, moi pis Tompkins pis un autre gars, on a décidé de s'paqueter la fraise. Il fallait que j'fasse quèque chose pour me changer les idées. On a ramassé assez d'argent à nous trois pour s'acheter une douzaine de Labatt Bleue et une douzaine de Black Horse. Terry, le cousin de Tompkins nous en achète quand on veut.

Tout ce qu'on a à faire c'est le trouver. J'ai pas grand-chose à célébrer. Mais rien que d'avoir fini l'école, ça mérite qu'on prenne une p'tite brosse. Terry nous laisse près des bois, pis il repart avec son amie. Une fille pas mal faite en toute. On lui offre quèques bouteilles pour le remercier de nous en avoir eu, mais il refuse. Pas de doute qu'il a des choses plus intéressantes dans l'idée.

J'avais pas coutume de boire jusqu'à l'été dernier. Pis c't'année non plus j'ai pas beaucoup bu, excepté les fins de semaine. Même quand je prenais de la bière, je faisais attention de pas me soûler, à cause que je savais que si je me rendais malade comme l'année dernière, j'm'en voudrais pendant des semaines. Une fois, vers la fin de l'été dernier, on s'était paquetés. C'était la première fois que j'avais tant bu que je savais plus ce que je faisais. Je me suis envoyé trois-quatre bières dans à peu près vingt minutes, pis ensuite je me suis mis au fort. J'ai dû boire les trois quarts d'un flasque de vodka à moi tout seul. C'est tout ce que j'me rappelle. Je suis tombé dans les pommes et les gars ont été obligés de me traîner jusqu'à la tente. Tu parles! Une chance qu'on campait ce soir-là, autrement j'aurais vraiment pu avoir du trouble. J'ai vomi partout sur le sac de couchage, et le lendemain, j'avais une gueule de bois à assommer un bœuf. Je me suis juré de jamais plus me soûler de même.

La plupart du temps, je faisais attention, par exemple. J'aurais pas voulu que ma mère m'attrape. Je sais pas si elle le sait que je prends un coup. Elle doit se dire que je bois un verre de temps en temps. Y a rien de mal à prendre quèques bières. Moi, pis Tompkins, on en prend seulement quand on a pas d'école le lendemain, pis on essaie de pas prendre de dope. Ce qui veut pas dire qu'on a pas toké quèques fois, quand y avait du bon stoffe. Mais c'est pas toujours facile de trouver de la bonne herbe. À part de ça, il faudrait être millionnaire pour pouvoir en faire une habitude autour d'ici.

En général, c'est de la bière qu'on boit. Une bonne brosse, ça peut être ben le *fun*, surtout qu'y a quasiment rien d'autre à faire les fins de semaine. Des fois j'vas aux vues, quand y a quèque chose de bon, ou ben à une danse. Là, je peux pas trop boire, surtout si je suis avec une fille. Dans le moment présent, j'ai pas à m'inquiéter de ça non plus.

D'ordinaire, c'est à la plage qu'on va pour boire. C'est un bon endroit, à cause qu'on se fait pas tanner par personne. J'pense que j'ai jamais vu autant de monde qu'à soir. Tout le monde a eu la même idée : se faire du *fun* asteur que l'école est finie.

Y a ben des filles aussi. C'est pas la moitié autant de *fun* si y en a pas quand tu prends un coup.

Ça finit par être une vraie partie de plaisir, surtout après qu'on a avalé la première douzaine et demie de bouteilles. Six bières ça pas l'air de grand-chose. Mais à les boire une après l'autre, comme à soir, sans avoir rien mangé, je mets pas longtemps à en sentir les effets.

Monica est là, quèque part sur la plage. Je l'ai vue descendre. Mais elle m'évite, c'est sûr. Je lui donne pas dix minutes pour se faire coucher parmi les arbres par quèques gars. Maureen et Lorna sont pas exactement des reines de beauté, mais elles sont pas mal pour passer le temps. J'ai pas envie de leur faire des avances, ni à l'une, ni à l'autre, ça fait que c'est facile d'ignorer les dents qui leur manquent et les cicatrices de douze pouces. Leur seul avantage, c'est qu'elles sont amies avec Susan. Je leur demande où c'est qu'elle est, mais elles ont pas l'air à le savoir, excepté pour dire qu'elle devrait être là à un moment donné. Avec Casse de cuir, j'imagine.

Elle arrive moins d'un quart d'heure après ça. Elle descend lentement le sentier, en s'arrêtant, de temps en temps, pour regarder autour d'elle. Elle porte des pantalons bouffants et une sorte de blouse pas serrée avec une ceinture. Sur ses épaules, elle a un chandail attaché en avant par les manches. Ça l'avantage pas, mais ça fait rien; j'ai ses contours gravés dans ma tête. En apercevant Maureen et Lorna, elle vient se tenir près de nous, les mains dans les poches.

— Vous avez pas vu Jeff? Il était censé me rencontrer ici.

J'aurais dû savoir ce qu'elle cherchait. Dis-moi pas que le cerveau zippé a encore été se perdre?

— Non, lui répond Maureen.

— J'ai pas vu son bicycle non plus.

Il a têt ben pété une valve.

— Assis-toi une minute.

— Ouais, on va pas te manger, que j'ajoute.

— Juste te mordre un peu.

Trop drôle, Tompkins. Ton cerveau doit faire de l'*overtime*.

— Chris, raconte-lui donc l'histoire que tu m'as contée.

«Veux-tu te taire, Tompkins!», que je pense.

— Jamais d'la vie, que je dis.

— Conte-là, toi, Rideout, que dit Tompkins.

— Fais pas le fou, Rideout. (C'est une des histoires les plus cochonnes que j'ai jamais entendues. Ça ferait pas grand-chose pour mon image!) Elle veut pas l'entendre.

— Conte-là quand même.

Je peux pas vraiment l'arrêter. Elle verrait trop ce que j'pense d'elle.

— C'est une histoire dégoûtante! qu'elle dit, sans rire, après que Rideout a fini.

— Hé ben! Je pensais que t'avais dit qu'elle savait prendre une joke?

— J'ai pas dit ça.

— Oui, tu l'as dit. Slade a la tête remplie de toutes sortes détails te regardant, qu'il dit à Susan.

Je le tuerais! Il a la gueule assez grande pour faire entrer un tracteur dedans.

— C'est gentil, qu'elle dit. Y en a au moins un parmi vous qui sait occuper son cerveau utilement. (Elle sourit.)

Bien envoyé. Ça l'a fermé. Et la façon qu'elle l'a dit, elle avait pas l'air de se prendre pour une autre.

— Ça t'apprendra à faire le fin, que je dis à Rideout. (Maudit que j'aime ça.)

Après ça, les choses se calment et on se met à se dire comme on est contents que l'école soit finie pour l'été. Ça, ça va. Mais betôt, ils se mettent à parler de leurs résultats, et qu'ils vont monter de classe l'année prochaine. C'est pas fameux pour moi, mais ça me fait rien.

— J'm'en sacre de l'école, que je dis.

En regardant Susan, je me rends compte que ce que je viens de dire l'impressionne pas gros. Asteur, je m'sens comme si j'avais un cerveau de punaise.

Tout d'un coup, Rideout et Tompkins ont l'idée d'aller faire un p'tit tour sur la plage, nous laissant seuls, Susan et moi : elle, pour voir si elle aperçoit pas son ami, et moé, pour faire l'idiot comme d'habitude. C'est que j'suis déjà pas mal éméché. Pis, si je donnerais une de mes gosses pour être avec elle la plus grande partie du temps, c'est pas le cas quand je me sens soûl. J'ai à moitié peur d'ouvrir la bouche, en cas qu'elle me trouverait encore pire qu'avant. C'que je lui dis, c'est :

— J'suis pas aussi idiot que tu pourrais le penser (ce qui me paraissait oké avant de le dire, mais qui sonne probablement juste comme ça : idiot).

— Je te trouve pas idiot, qu'elle dit.

— Merci.

— Juste soûl.

Elle arrête pas de regarder à droite et à gauche comme si elle était mal à l'aise. Pour sûr qu'elle essaie de voir Casse de cuir.

— C'est dommage que je sois soûl.

— Pourquoi ça?

— À cause que j'aimerais te parler sérieusement.

— À propos de quoi?

— J'peux pas t'le dire.

— Pourquoi pas?

94

— À cause de la façon que ça pourrait sonner.

— Dis-le, quand même. Je rirai pas. (Elle est sérieuse.)

— J'aimerais sortir avec toi.

Bon, j'l'ai dit. J'aurais jamais ouvert ma grande gueule comme ça, si j'avais pas eu un verre dans le nez. J'aurais eu la langue collée au palais ou quèque chose de même. Mais vous savez c'que c'est quand on est à moitié parti. D'après ce que je peux voir, elle est pas mal gênée.

— Je sais ben que tu sors déjà avec Casse de cuir. (Marde, j'dois être soûl raide.)

— Comment?

— Jeff, j'veux dire. Tu sors toujours avec.

— C'est un bon gars.

— Tu pourrais avoir pire.

— Qu'est-ce que tu veux dire?

— Moé. (Marde, je sais plus c'que j'dis!)

— T'es soûl.

— Ouais, t'as têt ben raison. Oublions ça.

— Oublions quoi?

— C'que j'ai dit.

— Que tu voudrais sortir avec moi?

— Non!

Elle se met à rire, et je me rends compte qu'elle faisait que blaguer. Mais j'aime assez sa façon de rire! Ça me fait triper. Quand elle rit, j'ai envie tout d'un coup de la serrer dans mes bras. Pis avant de le savoir, j'essaie de le faire. Y a rien comme d'être soûl pour avoir de l'audace.

Elle se fâche à moitié. Je voulais juste lui montrer comme j'aime sa façon de rire, c'est toute. Mais j'ai tout gâché, comme d'habitude.

Pis astheure, v'là le bruit du bicycle de Casse de cuir qui s'amène sur le sentier. Elle se lève d'un bond. Elle aurait quand même pu se lever vite, mais sans essayer de briser le record mondial du cent mètres pour s'enfuir de moi avant que les phares nous éclairent. On peut pas dire que ça aide ma confiance.

Jeff stationne son bicycle au bout du sentier et ils partent tous les deux en marchant. Je lui souhaite de se casser une jambe. Moi, je reste où-ce que j'ai été toute la soirée, assis tout seul, avec une demi-douzaine de bières encore dans la caisse. J'en avale deux autres avant que Tompkins reparaisse.

— Où ce que sont les filles? Pis Rideout?

— Je sais pas. Ils sont partis quèque part. Rideout fait dire de pas boire sa bière, qu'il va revenir. J'suis venu voir comment ça avait marché avec Susan? Casse de cuir s'est-y montré la face?

— Il fallait s'y attendre.

— Oublions ça.

— J'ai envie de me soûler la gueule, que je lui dis.

— Arrête-moi ça! dit Tompkins. T'as déjà descendu neuf ou dix bières, et pis il faut encore qu'on retourne chez nous. Je dois être rentré à minuit, et j'veux me donner un peu de temps pour me dessoûler un brin.

— Vas-tu boire les deux qui te restent? que je demande à Tompkins.

— Non, pas à soir. Je veux pas le risquer. Cache-les jusqu'à demain au soir.

— Donne-moi les, j'vas les boire, moi.

— Tu arriveras jamais à rentrer chez vous.

— Laisse faire ça, pas de problème. Pourvu que j'arrive avant qu'elle revienne de travailler, la mère le saura pas. (J'ai déjà débouché une des deux bouteilles avant qu'il ait pu rien ajouter.) Enweille, bois l'autre. Fais pas la moumoune.

— Je la veux pas.

— Enweille donc, y en reste juste une! Quécé que ça peut faire s'ils trouvent que tu sens la bière?

— C'que ça peut faire? Je vas rester enfermé pendant une semaine!

— Tu sais quoi, Tompkins?

— Quoi?

— J'suis paqueté ben raide.

— À qui le dis-tu!

Je me rappelle pas de toute ce qu'est arrivé après ça. Je sais que j'allais m'envoyer l'autre bière, mais que Tompkins me l'a cachée. Et pis que j'ai essayé de pisser partout sur le bicycle de Casse de cuir, mais que Tompkins m'en a empêché. J'pense que j'ai pas manqué son casse, par exemple.

C't'un maudit bon gars, pour ça, Tompkins. Il vous laissera pas là si vous êtes soûl. Je m'rappelle pas être arrivé à la maison. Tout c'que je sais, c'est que je m'suis réveillé le lendemain matin, sous les couvertes et sans avoir ôté mes jeans. J'ai pas été malade, malgré tout, et ça, c'est une bonne chose.

JENNIFER

J'ai passé un bon bout de temps à me demander si je devrais ou non dire à maman que Chris est arrivé en titubant hier soir. Steve a pratiquement été obligé de le porter dans sa chambre, il était dans un tel état. Mais j'ai décidé de ne pas le faire, pas cette fois-ci. Un soir, qui sait, je serai peut-être bien contente qu'il se taise à propos de quèque chose que j'aurai fait moi-même.

C'est pas ses résultats scolaires qui auraient pu lui donner envie de célébrer, ça c'est certain. J'étais sûre qu'il n'allait pas passer, je le voyais venir. Qu'est-ce qu'il s'imaginait, à se conduire comme ça? Je le voyais dans les corridors, entre les classes, tout le temps en train de faire des folies. Il ne pouvait même pas boire à la fontaine sans en faire toute une comédie. Pauvre maman qui le croyait quand il lui disait qu'il faisait presque tous ses devoirs à l'école, et que les vingt minutes qu'il passait dans sa chambre, le soir, lui suffisaient pour faire le reste. La moitié du temps, il sortait, bien entendu. J'ai d'assez bonnes notes, mais ça ne va pas sans étudier. Et c'est précisément ce que je dois faire cette fin de semaine. Les autres ont déjà fini, mais, comme pour nous c'est la dernière année du secondaire, notre classe doit passer les examens provinciaux. Ça ne m'amuse pas d'étudier encore, mais ces examens pourraient déterminer quels cours je prendrai à l'université pour ma première année. Je veux arriver là avec les meilleurs résultats possibles.

Mercredi, les examens vont être finis, Dieu merci! et je pourrai commencer à travailler. Je me suis mise à danser en rond quand j'ai appris que j'avais une job, tellement j'étais contente. C'est peut-être pas la meilleure job du monde, mais comme la moitié de mes camarades de classe n'ont rien pu se trouver à faire pour l'été, je me considère chanceuse. Je devrais pouvoir mettre de côté tout ce que je vais gagner.

Ça doit être ma semaine chanceuse. D'abord, mardi, j'ai appris que j'avais la job; ensuite mercredi soir, vers neuf heures, le garçon avec qui j'ai été au bal de graduation, m'a appelée pour m'inviter à sortir, cette fin de semaine. Pour dire vrai, je suis seulement allée avec lui au bal parce que ça paraissait pratique pour l'un comme pour l'autre. Je pensais encore beaucoup à Steve. Daryl, lui, était finissant, lui aussi, et on avait tous les deux besoin de quelqu'un pour nous accompagner. C'est comme ça qu'on a fini par aller au bal ensemble. Je le connaissais depuis si longtemps, qu'il ne me serait jamais venu à l'idée de sortir avec lui; mais on s'est bien amusés ensemble. On a été au party après le bal et je suis rentrée à la maison à quatre heures du matin. Daryl est un peu timide, mais il est vraiment très gentil.

Hier soir, il est venu chez nous vers dix heures, et on est allés prendre une marche. Ça nous a changés d'étudier tout le temps. On est revenus vers onze heures, mais on a mis un bon moment avant de se dire bonsoir. Daryl pense aux sentiments d'une fille, ce en quoi il diffère de la plupart des gars. Il essaie pas de me mettre les mains partout, juste à cause qu'on est seuls ensemble. Il me fait sentir qu'à mesure qu'on apprendra à mieux se connaître, on apprendra à raisonner comme il faut. Je sais maintenant que je l'aime beaucoup.

L'arrivée de Chris et de Steve a mis fin à la conversation. Daryl a dû aider Steve à lui enlever son manteau et sa chemise. Ils lui ont ôté ses chaussures et ses bas, et ils l'ont glissé sous les couvertures. Steve avait l'air un peu dégoûté d'être obligé de le traîner comme ça, tout en essayant de me convaincre que ça n'était pas entièrement de la faute de Steve s'il s'était soûlé. J'aimerais pouvoir le croire. Mais maman ne se trompe pas tellement quand elle dit que Chris ressemble beaucoup à son père.

9

CHRIS

Tompkins a toujours été un bon ami, depuis des années qu'on se connaît. C'est pas tout le monde qui se mettrait en quatre comme il l'a fait pour me ramener à la maison ce vendredi-soir là. J'le sais, et c'est à cause de ça que je suis pas trop heureux de ce qui est arrivé depuis.

On a eu une discussion, et depuis ce temps-là, on se voit plus. La pire chose avec Tompkins, c'est qu'il faut toujours qu'il soit rentré de bonne heure. Et astheur qu'il travaille, il est devenu encore pire. Crime! il veut toujours être à la maison pour onze heures. Il est obligé d'être debout à sept heures, et il dit que s'il se couche tard, il est trop fatigué le lendemain. C'est loin d'être drôle. Moi, je pourrais être dehors jusqu'à une heure du matin ou encore plus tard, et ça ferait rien à la mère. Pourvu que je sois de retour et qu'elle m'entende rentrer. Elle m'appelle de sa chambre : «C'est-y toi, Chris?» Quand je lui réponds, elle me dit de barrer la porte, et elle se rendort. C'est surprenant comme on peut avoir une voix qui sonne normale quand on s'y met. Plusieurs fois, dernièrement, j'ai pas marché trop droit de la porte à ma chambre.

Je suppose que je devais être déjà un peu éméché quand la discussion a commencé. Je voulais que Tompkins partage un autre *six-pack* de bières, moitié moitié avec moi, et il a dit qu'il voulait pas.

— Pourquoi pas? que je lui ai demandé.

— À cause qu'il faut que je dorme si je veux pouvoir me lever à l'heure. Hier soir, il était minuit quand je suis arrivé chez nous, et j'ai été à moitié mort toute la journée, le lendemain, au travail.

— Enweille donc, fais pas la moumoune!

— C'est pas pareil toi, tu peux dormir demain matin.

— T'as peur de te faire engueuler par ton paternel?

104

— C'est assez, Slade. Moi, je m'en vas, tu viens?

— Va-t'en, d'abord. Je m'fous de c'que tu fais. Pis oublie pas d'embrasser ta maman avant d'aller te coucher.

Il m'a «fait le doigt» en se retournant pour partir. Et il blaguait pas comme ça nous arrivait des fois.

— Va te faire…

Il est parti chez lui tout seul. Je l'ai laissé faire. J'peux quand même pas m'en aller chez nous à onze heures, crime!

Mais comme je vous ai dit, en y repensant après, j'ai pas été trop heureux de la façon que ça s'est passé. Ça têt ben été à cause de la bière.

Mais laissez-moi vous raconter ce que j'ai fait depuis quèques semaines. Stan Sheppard — il a son permis depuis un bon bout de temps, alors il doit avoir autour de dix-neuf ans — en tous les cas, je me tiens beaucoup avec lui et une couple d'autres gars. Ça a commencé le soir après la discussion avec Tompkins. J'ai embarqué dans son char avec quèques autres gars, juste pour qu'on aille se promener, et pis c'est devenu une habitude. La vérité, c'est que j'ai pas beaucoup vu Tompkins, ces dernières semaines.

Stan, il a un Monte Carlo, un 305 automatique. Il l'a eu usagé, mais c'est un bon char quand même. Je devrais dire que c'était, à cause que Stan a pratiquement brûlé son moteur. Le char se défend encore pas mal pour la vitesse, mais il va pas lui durer longtemps, d'la façon qu'il le maltraite. Il est fou raide, le gars! Il lui faisait faire du 110 le premier soir que je suis sorti avec. Du 110 en descendant la côte du Pinsent — et on était huit à bord! Comme il était une heure du matin, y avait pas grand danger de rencontrer la police. Y a trois semaines, qu'il disait, il l'aurait conduit à tombeau ouvert. J'en doute pas un instant. Il lâche pas, crime! Des fois, il fait du 80 en traversant Marten! J'ai beau lui dire qu'il va encore brûler son moteur, il s'en fout complètement. Il touche son assurance chômage, ce qu'il faut pour s'en acheter un autre. C'est déjà le deuxième qu'il a, et il a seulement acheté le char il y a cinq mois!

C'est ben le *fun*. J'en avais par-dessus la tête de marcher ou de faire du pouce à tout bout d'champ. On fournit chacun quèques piastres pour le gaz et pas de problème! Je serais prêt à parier qu'hier soir on a dû faire près de deux cents milles avec ce char-là. On est partis à Blakeside, à quatre. C'est à environ quarante milles. Y a des filles à l'air cochon sur les routes, tu peux pas imaginer. On aurait besoin de s'mettre une serrure à combinaison sur son zipper, j'te mens pas.

On s'est arrêtés pour en ramasser une couple que Stan avait déjà rencontrées. Des vraies guidounes. Ça aurait pris au moins six mois de grattage pour arriver à leur ôter l'ombre sur les paupières. Mais Stan se fout de quoi elles ont l'air. Elles sont toutes pareilles avec un sac de papier par-dessus la tête, qu'il dit.

Il faut que j'vous dise la vérité, par exemple. Je l'ai jamais fait avec ni l'une, ni l'autre; pas encore. Mais j'y pense, c'est sûr. Si j'avais une chambre à air de camion comme condom, j'dis pas. Il faut se méfier avec des filles de même. On sait jamais ce qu'elles peuvent vous passer. De toutes les manières, j'aime mieux le faire avec quèqu'un que j'aime ben. Stan et Ed, eux autres, ils s'enverraient une femelle orignal s'ils étaient assez chauds.

Hier soir, j'suis arrivé chez nous à près de deux heures et demie. Mais j'étais pas soûl. Quand maman m'a appelé, elle était pas trop de bonne humeur, à cause qu'il était tard. Mais elle s'endormait trop pour m'engueuler. Je lui ai dit que j'étais avec Terry, et qu'il avait manqué de gaz, et pis qu'on avait été obligés de marcher cinq milles. Elle m'a cru.

Je vois à peu près seulement maman au dîner, maintenant. Il est midi la plupart du temps quand je me lève. D'habitude on est juste moi pis elle, à cause que quand Jennifer travaille de jour comme elle le fait presque toujours, elle reste à la station de gaz et mange au restaurant. Des fois on mange ce qu'elle a elle-même fait cuire, mais plus souvent qu'autrement c'est des conserves. Ça me ferait moins de quoi si seulement elle trouvait le temps de faire du pain, des fois. Et pis, on a plus jamais de tartes ou d'affaires de même, comme avant qu'elle se mette à travailler.

Dans le temps, il me semble qu'on avait des tas de choses à se dire. Astheur, j'sais pas pourquoi, toute ce qu'elle sait faire, c'est parler de son travail et se plaindre d'être fatiguée. Je l'aide un peu dans la maison. Je passe la balayeuse dans le salon ou quèque chose de même, si j'ai rien d'autre à faire. Elle me donne un peu d'argent de plus dans ce temps-là. Elle se rebiffe des fois, mais elle finit par m'en donner : trois, quatre piastres. C'est sûr que si t'achètes une demi-douzaine de bières, t'as tout dépensé d'un coup.

De temps en temps, elle parle du père. Moi aussi j'y pense des fois. À la croire, il se fait du bon argent dans la construction et il fait beaucoup d'*overtime*. Il doit aimer ça, sans ça il serait déjà revenu. Je lui ai pas encore parlé, à cause que je suis jamais là quand il appelle. J'espère juste qu'il va pas se mettre dans la tête de tous nous faire déménager là-bas.

C'est plutôt plate à la maison comparé à ce que c'était avant. Je vois plus assez Jennifer pour qu'on se batte, astheur qu'elle travaille. Tout le monde s'occupe de ses propres affaires. C'est ben oké, à condition que la mère me tombe pas dessus à cause que je rentre tard. Ça, j'le prends pas.

De toute manière, après l'autre jour, j'me fous pas mal de ce qu'elle me dit. Par exemple, le 25 juillet s'est passé sans que personne en parle. Je m'suis dit que maman attendait à un peu plus tard. Je suis même rentré un peu de bonne heure, en m'attendant à une surprise. Mais elle avait oublié. Elle s'est jamais rappelé que c'était ma fête. J'ai eu seize ans, crime! et personne y a même pensé jusqu'au lendemain quand je l'ai mentionné. La mère a dit qu'elle s'en était souvenu quèques jours avant, mais qu'elle avait été tellement occupée que ça lui était sorti de l'esprit. Tu parles. J'ai même pas eu un gâteau. Pas que je sois fou de gâteau, mais ça fait plaisir quand on se rappelle de vous. Elle m'a donné dix piastres quand je lui en ai eu parlé, le lendemain, et pis elle a acheté un gâteau gelé et elle a mis des chandelles dessus.

Ça m'excite pas trop de recevoir de l'argent pour ma fête, ben que j'en aie fait bon usage : J'ai demandé à Stan de m'acheter un vingt-six onces de whisky avec. Je l'ai gardé pour qu'on l'apporte à soir pour le voyage. La semaine dernière, Stan a eu l'idée qu'on aille à Saint-Jean, assister à un concert rock, dans le stade. C't'un maudit bon groupe, et je voulais les voir à mort, sauf que je savais que la mère approuverait pas que j'aille là-bas avec Stan. Elle sait pas encore que je sors avec lui. Je lui en aurais pas parlé, seulement Stan a dit qu'on devrait apporter une tente et camper dans un parc, quèque part. Il veut qu'on en profite au maximum.

Je lui ai pas ce qu'on appelle «demandé». J'ai juste laissé une note sur la table, pour qu'elle la trouve en rentrant de travailler. Je lui disais que j'allais revenir le lendemain soir, à un moment donné. Une fois que j'ai été parti, y a pas grand-chose qu'elle pouvait faire. Je m'en fous qu'elle se fâche quand j'reviendrai.

C't'un mosusse de bon concert. Y a un groupe poche qu'a joué un bout de temps pour commencer, mais les Fish sont au boute. Ils sont le meilleur groupe qu'est jamais sorti de notre île. Ils sont cinq et ils s'habillent en pêcheurs. Mais j'vous mens pas, leurs habits en toile cirée ont dû coûter les yeux de la tête. Ils sont décorés partout avec du matériel qui reflète la lumière, et ils portent des bottes de caoutchouc de couleur argent. C'est *too much*. Pas rien que ça. La scène a l'air d'un vrai quai, avec des barils, des filets de pêche, des trappes à homard, Ils ont même mis une table pour dépecer la morue. On dirait que ça sent le vrai quai. Et comme toile de fond, ils ont de grands écrans avec la mer peinte dessus. Avec les lumières, on jurerait que l'eau fait des vagues. Jusqu'aux drums qu'ont des lattes alentour comme les trappes à homards, et le dehors de l'orgue est décoré pour avoir l'air d'une corne de bélier dans quoi on garde les homards vivants. C'est *flyé* à mort!

Ils m'ont eu dès qu'ils ont commencé leur spectacle. D'abord, t'entendais juste la mer; ensuite, très tranquillement et pas fort, ils se sont mis à jouer la vieille chanson terre-neuvienne : «On va hurler et rugir», en jouant de plus en plus vite, jusqu'à ce que la guitare rentre là-dedans à tout casser, de quoi nous défoncer les tympans. Les jeux de lumière sont fantastiques, et au beau milieu du numéro, le chanteur principal se met à jeter du capelan salé dans l'auditoire, pareil comme les groupes qui lancent des écharpes ou des chapeaux, ou ben des *pics* de guitare comme le gars de Cheap Tricks. Ce qu'on a pu rire!

Et pis la musique est parfaite! La musique sonne toujours dix fois mieux, de toute façon, quand on est gelé. Avant d'entrer pour le concert, on a parké le char, pis on a mâché du hash. Gelé, c'est pas le mot. Il faudrait ajouter :«À mort»! Une fois rentrés dans la place, on s'est avancés presque jusque sur la scène. Crisse, tu parles d'une affaire! Tout le monde gelé, les mains au-dessus de leur tête pour applaudir, et sautant partout. Y a assez de tétons qui battent la mesure de haut en bas, qu'il vous faudrait dix paires d'yeux pour les suivre.

Le concert finit autour de onze heures. Je pourrais facilement rester là un autre deux heures. Le groupe joue encore deux morceaux quand ils reviennent la deuxième fois, mais c'est toute. On a beau crier, pis toutes les lumières se rallument une autre fois, y a rien à faire. De quoi vous brûler les yeux, sacrement! Maudit que ça fait mal quand t'es gelé. Tu peux pas redescendre si vite que ça.

Une chance que le terrain de camping est pas très loin. Stan et les autres sont tellement partis que je suis obligé de conduire à leur place. Je suis pas en tellement bonne forme moi-même, mais je suis quand même mieux qu'eux. On a dû tourner en rond une bonne dizaine de fois avant de trouver le chemin qui mène à la grand-route. J'avais pas la moindre idée ousqu'on s'en allait. J'avais seulement été deux fois avant à Saint-Jean. Si j'avais pas été gelé, j'aurais probablement eu peur de me faire arrêter par la police, mais vous savez ce que c'est dans ce temps-là — on y pense même pas.

Réussir à monter la tente, ça c'est une autre histoire. C'est un modèle ben ordinaire, avec les poles en dehors. Rien de plus facile; pourtant on met une bonne heure à le faire. Y a pas deux poles qui veulent entrer une dans l'autre. Ensuite, il faut trouver des roches pour taper sur les piquets. En se cognant dix fois sur les mains, sacrement. Ça nous fait rire. Tout nous donne le fou rire.

C'est justement pendant qu'on est en train de rire, que le gardien du parc arrive et essaie de nous faire décamper.

— Hé là, les gars... Êtes-vous ici pour camper ou pour faire du bruit?

On le voit pas jusqu'à ce qu'il soye debout à côté de nous, une lampe de poche à la main.

— On a payé comme tout le monde pour entrer ici.

— Ça ne vous donne pas le droit d'empêcher le monde de dormir. Vous rendez-vous compte qu'il est passé minuit?

— On s'en sacre avec les problèmes qu'on a à monter la maudite tente, dit Stan, pendant qu'on éclate de rire.

— Si vous ne pouvez pas le faire sans bruit, vous allez devoir sortir d'ici.

— Quicé qui va nous forcer... Vous?

Quelqu'un d'autre est pris de fou rire.

— Non, la Gendarmerie royale. Et si vous n'arrêtez pas de mal parler et de faire les effrontés, je vais les appeler sur le radio du camion, là, dans deux secondes et ils vont venir.

Ça, ça nous fait taire. On sait qu'on peut pas se permettre d'avoir du trouble avec la police.

Quand on dit plus rien, et qu'on essaie juste de monter la tente en faisant le moins de bruit possible, il fait mine de partir. Pas avant un dernier avertissement, par exemple :

— Je ne vais plus vous avertir. Si vous me forcez à revenir, ce sera avec la police.

Ce qu'on aurait de plus à lui dire, on le dit en dedans. Il remonte le sentier. S'il se retournait, il verrait cinq doigts mouillés levés vers lui. Espèce d'air bête. Comme dit Stan, donnez-leur un uniforme et une insigne, pis ils se prennent pour le nombril du monde.

On réussit à monter la tente et a y entrer les sacs de couchage. Il nous reste encore une douzaine de bières et une demi-bouteille de whisky à finir. Et j'ai encore mal au cœur. Autour de trois heures du matin, il faut que je sorte de la tente, et il pleut. Je porte juste mon caleçon. Je vomis pendant à peu près dix minutes. Maudit que je suis malade! J'ai jamais eu mal au ventre comme ça. À force de vomir. Ça doit être le maudit poulet graisseux qu'on a mangé pour souper.

Ensuite, il faut que je rentre dans la tente, mouillé comme je suis, et que je me remette dans mon sac de couchage. Je grelotte une bonne partie de la nuit. À huit heures du matin, je suis déjà levé, habillé, et assis dans le char avec la chaufferette qui marche pour essayer de me réchauffer. On peut pas dire que je le regrette quand ils démontent la tente et la mettent dans la malle. Avec les sacs de couchage et toute la bastringue, sauf les bouteilles de bière. Ils les lancent dans les bois. Tant mieux. Je pourrais pas supporter la vue d'une autre bouteille de bière si de bonne heure le matin.

10

MA MÈRE

Une heure du matin et Chris est toujours pas de retour de Saint-Jean. Je suis inquiète à mourir. Laissez-moi vous dire qu'il va se faire parler! Partir comme ça sans me demander la permission. Et avec Stan Sheppard en plus! Si y en a un qui est rien qu'un faiseur de trouble autour d'icitte, c'est ben lui. Jamais j'accepterai qu'il fréquente un type de son espèce.

Je me sens tellement mal, que j'ai été obligée d'appeler Frank pour lui dire que j'irais pas travailler. J'imagine qu'il a dû se tirer d'affaire tout seul. Têt ben aussi qu'il a demandé à un des jeunes de l'aider.

J'ai pas pu faire une miette de ménage, rien. J'ai juste pu rester assise ici dans la cuisine à m'inquiéter de ce qu'il peut bien être en train de faire. J'ai beau essayer de me coucher, je me relève tout de suite, tant je suis tourmentée. J'ai appelé Dorothy Tompkins, dans la soirée, pensant que Steve l'aurait têt ben vu, et quand il a dit que non, qu'il savait pas où il était, ça m'a rendue encore plus inquiète. Je peux même pas m'asseoir pour prendre une tasse de thé, tellement ça va mal. Et de voir Jennifer se promener de long en large aide pas non plus. Je lui dis d'aller se coucher.

S'il se montre pas betôt, je vas appeler la Police Montée. Il a pu avoir un accident et j'en saurais rien. Ce Stan-là conduit comme un vrai maniaque, pour l'amour du Bon Dieu. Comment est-ce que Chris a jamais pu s'acoquiner avec lui, je voudrais ben savoir. Lui et Steve étaient des amis depuis si longtemps que je m'imaginais que c'était avec lui qu'il était le soir. Mais à entendre parler Steve, il l'a pas vu du tout ces dernières semaines.

Je pense que c'est une porte d'auto que j'entends se fermer. Pourvu ça soye lui. mon Dieu!

118

J'ouvre la porte du portique, et c'est ben simple, quèqu'un aurait aussi ben pu me donner une claque en pleine face que j'aurais pas été plus blessée ou humiliée. C'est ben Chris — mais avec un côté de ses habits et de son visage couvert de boue, et à peine capable de se tenir debout tellement il est soûl. Je pourrais pas l'appeler mon fils, à cause que ce qu'est là, devant moi, c'est pas celui que je connais comme mon fils.

— Mon Dieu, Chris, quécé qui t'est arrivé? Quécé que t'as été faire?

Quand j'ai ouvert la porte, il a eu un sursaut pour essayer d'avoir l'air normal. Mais il est pas normal en toute. Il sent la bière comme si quèqu'un avait trempé ses habits dedans.

— Chris, es-tu correct?

Ça me fait mal de le voir comme ça. C'est comme de voir Gord arriver soûl, ou n'importe quel homme, pour dire vrai. De voir mon garçon de seize ans dans un état pareil, c'est plus qu'assez pour me faire peur, laissez-moi vous dire. J'appelle Jennifer, pis je lui prends le bras pour l'emmener dans la cuisine.

— Chris, réponds-moi. Es-tu correct? que je lui demande encore une fois, en essayant de l'empêcher de tomber.

— Je suis correct, qu'il arrive à me répondre, mais il a les yeux tellement à

119

l'envers que je suis obligée de le forcer à me regarder en face pour m'assurer qu'y a rien d'autre qui va pas.

Il veut pas s'assire dans la cuisine, mais aller direct dans sa chambre. J'essaie de l'empêcher avant qu'il arrive au corridor. J'ai pas l'intention de le laisser m'échapper avant qu'il me donne une explication.

— Lâche-moi. Je m'en vas me coucher.

— Pas avant que tu me dises d'où tu sors.

— Je m'en vas me coucher.

— Chris, assis-toi sur c'te chaise-là!

— Lâche-moi!

Il veut rien savoir pour s'assire. Et y a rien que je peux faire, à cause qu'il est devenu trop fort pour moi. Il s'arrache de mes mains, et en trébuchant de côté, va se cogner contre le mur. Un peu plus, et il atterrissait par terre. Jennifer essaie de l'aider à se relever, mais il la repousse.

— Où ce que t'as trouvé de la bière? que je lui crie.

S'il veut pas se montrer raisonnable, il va être obligé d'écouter ce que j'ai à lui dire! Je le suis dans sa chambre.

— De Stan Sheppard, non?

— Non.

— Une autre menterie!

— C'est pas Stan.

— C'est qui alors?

Il s'affale sur son lit.

— Je l'ai trouvée, qu'il marmonne.

— Trouvée! Chris, tu peux pas t'attendre à ce que je croie ça! Tu l'as pas juste trouvée. Qui c'est qui l'a achetée pour toi?

— Je te dis que je l'ai trouvée, la bière, sacrement! qu'il hurle.

— Arrête de blasphémer!

— Je blasphème pas, maudit. Je l'ai trouvée la bière. Astheur laisse-moi tranquille.

Ça me donne envie de pleurer.

Je pourrais rien lui tirer de plus, j'aurais beau essayer. Il est pas capable de raisonner juste. Il remue pas, pis il a les yeux fermés. J'le secoue, mais tout ce qui fait c'est gémir.

Il pourrait perdre connaissance et mourir drêt là, je saurais pas la différence. Tout ce que je peux faire, c'est lui enlever ses habits et le mettre dans son lit. Jennifer m'aide, à cause qu'il est trop pesant pour moi. J'ai jamais pensé que je serais obligée de faire ça, un jour. Pareil comme s'il était un bébé, pas capable de rien faire par lui-même. J'ai jamais eu rien qui m'a fait tant de peine dans ma vie.

Je ferme pas l'œil de la nuit. Je pense rien qu'à Chris et à son état. Je vas dans sa chambre trois, quatre fois dans la nuit, pour voir s'il est correct. Il pourrait têt ben s'étouffer.

J'y comprends rien. On passe sa vie à les élever du mieux qu'on peut, pis tout ce qu'ils trouvent à faire ensuite, c'est se moquer de tout ce qu'on a fait pour eux. Ce que j'arrive pas à comprendre, c'est comment on peut élever deux enfants et qu'une fois grands, ils soient si différents l'un de l'autre.

Pour dire vrai, je peux à peine croire qu'il est devenu comme ça. C'est assez pour vous briser le cœur. Je sais ben qu'il faut qui prenne une bière de temps en temps. De nos jours, y a pas de jeunes qui en prennent pas. Mais qu'il revienne à la maison dans cet état-là, on peut pas ne pas avoir honte. Ils sont pas assez fins pour se rendre compte de ce qu'ils font à leur santé. Il aurait aussi ben pu passer la nuit dans le fossé, tant qu'à faire.

Laissez-moi vous dire qu'il va se faire parler demain! Jusqu'à ce qu'il soye en âge et qu'il parte de la maison, il va pas seulement faire à sa tête, et il va se l'entendre dire. C'est têt ben en grande partie à cause de ça qu'il a manqué sa dixième année. Allez donc chercher. Il boit têt ben depuis des mois, sans que je m'en doute. Quand il sort de la maison, je sais pas où il va. Ou comment il dépense son argent. C'est une autre affaire, ça. Mais il faut quand même leur faire un peu confiance. On peut pas les enfermer.

CHRIS

Quand je suis revenu à la vie, le matin, je me sentais comme si ma tête avait été vissée à mon oreiller avec un écrou qu'on serrait avec un *wrench*. J'avais envie de faire le chien mort toute la journée. Je voulais pas relever toute cette misère sur mes deux pieds, mais je savais ben qu'il le fallait. J'avais la gorge sèche, et je toussais et j'éternuais en même temps. Pis j'avais la vessie sur le point d'éclater.

Je me suis assis sur le bord de mon lit, et je me suis soudain rappelé qu'y avait une ben meilleure raison pour pas me l ever. Quèque chose à voir avec maman, hier soir. C'était pas clair dans mon esprit comme une image de télévision, mais je me rappelais qu'elle était là quand je suis rentré. Elle était supposée être encore au travail, ou couchée, ou quèque chose comme ça. Trop bête pour tchéquer si y avait de la lumière avant de rentrer. Tout ce que je sais c'est que je comptais pas tomber sur elle.

J'ai pissé au moins cinq gallons dans la toilette, en faisant le moins de bruit possible, ensuite je me suis regardé dans le miroir. J'avais des égratignures, comme si j'étais tombé sur du gravier. J'arrivais pas à me rappeler comment je me les avais faites. Pis j'avais une dent ébréchée aussi.

Si j'avais pu entrer et sortir de la toilette sans qu'on m'entende, ç'aurait été moins pire. Mais comme j'en revenais, la mère m'a crié de m'habiller et de venir dans la cuisine. Elle avait pas la voix trop, trop douce. Pour tout le trouble que ça m'a causé, j'aurais aussi ben fait de me sortir la quéquette par la fenêtre de ma chambre.

La mère perd pas une minute pour me lâcher ses paroles de sagesse.

— Tu fais mieux de t'asseoir, mon fils, à cause que j'ai des choses à te dire que tu vas pas aimer à entendre.

— Je pourrais-tu déjeuner, d'abord?

— Tu peux penser à rien d'autre? Tu rentres ici en pouvant à peine te tenir debout, à une heure et demie du matin, les yeux tout de travers, et tu penses que j'ai rien d'autre à faire que de te préparer ton déjeuner? Quoicé que t'as à dire pour ta défense? Quelle excuse vas-tu trouver pour expliquer ton état, hier soir?

— Pas d'excuse.

— Quoicé que tu veux dire, pas d'excuse! Où c'est que t'as pris la bière?

— Je l'ai trouvée.

124

— Ouais, dans d'autres mains! Quicé qui te l'a achetée?

Elle a beau avoir raison, j'vas pas *stooler* personne, alors c'est pas la peine qu'elle essaie.

— Je vas pas te le dire.

— T'as pas besoin, à cause que je sais qui c'est : Stan Sheppard, hein? Y a combien de temps que tu t'es acoquiné avec ce gars-là? Tu devrais avoir plus de bon sens que ça. Il a rien fait que du trouble depuis le jour qu'il est né. Astheur, écoute-moi, mon garçon. Je veux plus entendre parler de ces choses-là. Si t'es pas assez intelligent pour savoir te conduire quand tu sors le soir, alors tu sortiras plus, même si j'suis obligée de mettre une barre en travers de la porte. Et je veux pas te voir sortir avec c'te bande-là. De plus, pense pas que je vas te donner de l'argent si c'est pour le gaspiller à acheter de la bière.

— Quécé qu'y a de mal à prendre une ou deux bières?

— Y a de mal que t'as seize ans, mon garçon! Veux-tu finir en prison avec un dossier pour le restant de tes jours? C'est ce qui t'attend, si tu continues comme ça.

Y a qu'à la laisser parler, je suppose. Qu'elle se le sorte du système. Ça été pas mal stupide de ma part de me laisser prendre comme ça. Il va falloir que je fasse plus attention. Mais c'est pas ça qui m'empêchera de prendre quèques bières avec mes copains, si l'envie m'en prend. Probablement que si je m'en tenais à la dope, elle aurait plus de mal à s'en rendre compte. Mais je vois pas pourquoi il faut qu'elle en fasse une telle histoire, sacrement! Si j'avais fait quèque chose de bien, il faudrait probablement que j'attende à l'année prochaine pour qu'elle m'en parle.

— J'espère que t'as compris. Si ton père était là, il se contenterait sûrement pas rien que de mots.

— Il oserait pas, de la façon qu'il boit lui-même.

— Ce que ton père fait le regarde.

— Et ce que moi je fais devrait regarder rien que moi.

— Christopher, mon garçon, j'ai ben envie de t'envoyer une claque en pleine face. Qu'est-ce qui te prend d'être si effronté avec moi. Sais-tu à qui tu parles? À ta mère!

Je lui réponds rien.

MA MÈRE

J'y comprends plus rien. Rien. Quelle chance est-ce qu'on a, de nos jours, d'élever nos enfants comme on voudrait? On fait de son mieux, pis après, ils vous regardent

126

d'un air effronté comme s'ils vous avaient jamais vue de leur vie.

J'en ai par-dessus la tête, c'est moi qui vous le dis. Je sais ben où c'est qu'ils prennent ces façons-là. Les programmes de TV pour une chose. On peut pas allumer la TV sans les voir jurer et se disputer. Et c'est pas la moitié de ce qu'ils entendent un peu partout. D'après ce que je peux voir, les vues qu'on leur montre à la salle communautaire, sont encore pires. La moitié du temps, c'est rien que des corps nus.

Autrefois, c'était tranquille ici. La Police Montée venait têt ben une fois par semaine. Astheur, toutes les nuits, y a des patrouilles sur la route. Si ça continue, on pourra plus marcher sur la rue. Pis une autre chose. Le terrain de camping là-bas, à Spencer's Harbour. Toutes les fins de semaines, l'été, c'est rempli de monde qui viennent de partout mener le diable. Ça se drogue et ça se soûle à la bière. On penserait que le conseil de ville aurait assez de bon sens pour pas les laisser entrer.

Je devrais têt ben lâcher ma job.

Si Chris change pas, il va ben falloir.

Je le ferais tout de suite, si c'était pas Frank. Je veux pas le laisser sans personne. Il arrête pas de me dire que je suis la personne la plus responsable qui a jamais travaillé pour lui.

127

Si c'était pas Frank. C'est ça l'affaire, je suppose — si c'était pas Frank. Je l'aime ben, Frank. C'est le premier homme qui m'a jamais traitée comme ça depuis je sais pas quand. Je sais ben que je devrais même pas y penser. Mais qu'est-ce que je peux faire, j'y pense. Depuis la mort de sa femme, il s'ennuie ben gros. Je m'en suis rendu compte le jour qu'il m'a offert la job. Si j'avais été raisonnable, j'aurais refusé drette nette, et j'aurais plus à m'en faire pour ça aujourd'hui. Des après-midi, quand j'arrive de bonne heure, on peut passer des heures à se parler — de la mort de sa femme, de ses enfants, et de comment ils ont pris ça, et le reste. C'est pas facile pour un homme d'élever une famille tout seul. Il en a trois qui vont encore à l'école, et il faut qu'il essaie de tenir maison, et de gagner sa vie pour eux autres. Ça doit être dur, j'en suis sûre.

Mais comment est-ce que je peux m'engager avec Frank? J'ai rien qu'à faire un geste, et il voudrait tout de suite, je le sais. C'est vrai que Gord est parti, mais mon Dieu, c'est mon mari et il faut que je pense à mes deux enfants. Qu'est-ce qu'ils diraient s'ils s'en rendaient compte?

11

JENNIFER

D'après la radio, les résultats des examens ont été envoyés hier, et si pour une fois le bureau de poste peut bien faire son travail, on devrait les avoir ce matin. Ils finissent de trier le courrier à dix heures et demie, de sorte que j'étais habillée et sortie de la maison à dix heures vingt.

Chris est sorti en se traînant de sa chambre comme je partais. J'ai vu des gens avec la gueule de bois avant, mais dans son cas, c'était dégoûtant. J'espère que maman l'a bien sermonné. Il y a longtemps que je ne l'avais pas vue si fâchée. Il a besoin de se faire dresser un peu et elle le sait.

En vue du bureau de poste, je me sens de plus en plus mal. Je ne devrais pas être aussi nerveuse, puisque je sais que j'ai passé. Là n'est pas la question. Ce qui m'inquiète, c'est de savoir combien j'ai eu. Je sais que mon examen de français n'a pas été fameux. Je me suis trompée à l'oral, et ça pourrait faire baisser ma moyenne. Une fois dans le bureau de poste, je ne perds pas une minute pour ouvrir notre casier, et comme je m'y attendais, elle est là. Qui pourrait jamais imaginer qu'une mince enveloppe pourrait tant vouloir dire à quelqu'un? Dès que je l'ai prise dans ma main, je referme le casier et ressors du bureau de poste. Il faut que personne ne me voie.

Quelques minutes plus tard, j'arrive à la maison en courant, tellement je suis excitée. En passant la porte de la cuisine, je crie :

— J'ai passé, j'ai passé — avec 89,5 de moyenne!

C'est comme faire irruption à la morgue. Mais maman prend tout de suite l'air content.

— Mon doux Seigneur, ça peut pas être vrai?

— Oui, regarde : 92, 94, 80, 87, 96, et 88.

130

— C'est merveilleux, Jennifer!

Elle me serre dans ses bras et m'embrasse.

— Je suis tellement fière de toi, ma p'tite fille! Tellement fière!

Chris est assis à table, l'air boudeur, un verre de jus d'orange devant lui. Maman n'a pas dû y aller de main morte, parce qu'il ne se donne même pas la peine de me regarder. Il recule sa chaise et se lève pour retourner à sa chambre.

— Tu vas même pas féliciter ta sœur? lui demande maman. Ou est-ce trop attendre de toi?

Il ne lui répond pas. Qu'il s'en aille donc, s'il est si contrariant. Le cher petit est de mauvaise humeur parce qu'il vient de se faire réprimander. Il était à peu près temps, si vous voulez mon opinion.

— Verrons-nous jamais le jour où ce que tu reviendras à la maison avec des notes comme ça? lui demande maman. Pas grand-chance.

Pas grand-chance, en effet. Je lui dis de ne pas s'époumonner pour rien. Mais ce qu'il faut que je fasse tout de suite, c'est téléphoner à Daryl. On s'est promis de le faire dès que l'un ou l'autre de nous deux recevrait ses résultats.

CHRIS

On s'en sacre ben de ses résultats. Moi, en tout cas. Oké, elle est intelligente, mais elle arrête pas de s'en vanter, par exemple. Je vas-t-y être content quand elle va être partie à l'université et que j'aurai plus besoin de lui voir la face! J'aimerais autant féliciter une maudite chèvre.

Je suis retourné à ma chambre, j'ai fermé ma porte, pis je l'ai barrée. Je me suis déshabillé et je me suis recouché. J'ai jamais eu mal à la tête comme ça. Si seulement on voulait me laisser tranquille!

Mais je suis pas au lit depuis une demi-heure que la mère vient cogner sur ma porte. Quécé qu'elle veut, astheur? Elle m'a assez engueulé à matin pour que les oreilles me sonnent pendant un mois.

— Chris, sors ici de suite.

— J'essaie de dormir. Laisse-moi tranquille.

— Y a quèqu'un qui veut te voir à la porte. La police.

Je pense d'abord que j'ai mal compris. Quécé que la police peut ben me vouloir, sacrement! Pourvu que la mère l'ait pas appelée pour se renseigner à propos de la bière! Non, elle ferait pas ça tout de même. Alors, quécé que ça peut ben être? J'essaie

132

de me rappeler les derniers jours. Hier soir, après que j'ai été soûl... les choses sont pas mal vagues. Mais je suis pas mal sûr qu'on a rien fait d'autre que boire. Stan a pas eu d'accident, pas que je sache, en tout cas.

Je mets mes jeans et ma chemise et j'ouvre la porte de ma chambre. Maman est debout dehors.

— Quécé qui se passe astheur? qu'elle me dit, prête à m'engueuler encore, sans même me donner le temps de boutonner ma chemise.

Ça, ça veut dire qu'elle les a pas appelés.

— Je sais pas, que je lui réponds.

— Quécé que tu veux dire, tu sais pas? T'as pas été te mettre dans le pétrin sans me le dire, au moins?

— Non.

— J'espère que tu me dis la vérité.

— Je te l'ai dit : Je sais pas ce qu'ils me veulent.

— Bon, ben, va voir.

En plus de tout le reste, la police qui se montre à la porte! C'est pas exactement le genre de personne dont j'ai envie de me foutre. Je vas à la porte d'entrée, et du bras, je pousse sur le grillage. C'est ben un homme de la Police Montée, grand, pis avec une moustache comme ils en ont tous; mais il a l'air tellement sérieux qu'on pourrait croire que je suis accusé de meurtre.

— Es-tu Christopher Slade? qu'il me dit.

— Oui, Monsieur.

— Je voudrais te dire quelques mots.

— Oui, Monsieur.

Pour dire le vrai, j'ai un peu peur.

— Dans mon auto.

— Oh...

Je vas pour sortir quand je me rappelle que j'ai rien aux pieds.

— Je vas aller mettre mes *running shoes*.

Je rentre dans la maison pendant que lui retourne à son char.

— Quécé qui te veut? me demande la mère aussitôt que la porte est refermée.

— Il veut me parler dans son char.

— Pourquoi ça?

— Il l'a pas dit.

— Alors dépêche-toi, fais-le pas attendre. Et qu'importe ce qui te demandera, dis-lui la vérité. Pas de menteries, tu m'entends?

— Oui! (Il faut ben que je dise quèque chose pour qu'elle me lâche. Je voudrais donc qu'elle reste tranquille et qu'elle me laisse régler ça tout seul!) C'est déjà pas drôle de se faire questionner par la police quand on sait à propos de quoi, mais j'ai pas la moindre idée de ce qu'il me veut. Vraiment pas.

134

Quand j'arrive à son char, il est déjà assis au volant avec un *clipboard* dans les mains. J'ouvre la porte du passager, et je m'assis à côté de lui. J'essaie de pas avoir l'air nerveux, mais je le suis. En mosusse.

— Pourriez-vous me dire pourquoi vous voulez me voir? Je n'ai rien fait.

— Je veux seulement te poser quelques questions.

Mais d'abord, avant de faire rien d'autre, il me lit ce qu'il appelle «un avertissement de la police», en me disant quels sont mes droits. Crisse! ça a l'air de devenir sérieux. Il écrit mon nom au complet, mon adresse, mon âge, les noms de mes parents, leur numéro de téléphone et le reste. Il prend tout son temps, pour s'assurer que chaque mot est bien épelé. Veux-tu aboutir! que je me répète en dedans. Aboutis!

Alors il me demande :

— Étais-tu avec un garçon du nom de Stanley Sheppard, hier au soir?

— Oui. (Je savais ben qu'il devait s'agir de lui!)

— Combien de temps?

— Toute la soirée, jusqu'autour de une heure et demie du matin, je suppose.

— Et que faisiez-vous?

— On s'est juste promené dans son char.

— Ici, dans Marten?

— On est allé à Blakeside et à Spencer un bout de temps, pis ensuite on est revenus ici.

— À quelle heure?

— Je me rappelle pas exactement.

— Avant dix heures?

— Non, après, je pense.

Il me lance une question après l'autre, pis moi je reste assis sans grouiller, lui répondant aussi vite que je suis capable. Je sais pas où c'est qu'il veut en venir.

— Te rappelles-tu où tu étais à minuit?

— Non.

— Pourquoi pas?

— Je me suis endormi dans le char. (C'est vrai, j'ai dû, à cause que je me rappelle de rien.)

— Avais-tu bu, hier au soir?

— Non, Monsieur. (Ça été ma première réaction. Je savais qu'il allait me demander ça. Quécé que je pouvais dire d'autre? Je veux pas me faire accuser de boire quand j'ai pas l'âge. Sans compter que je pourrais têt ben mettre quéqu'un d'autre dans le trouble, si j'avouais.)

— Es-tu sûr de ça?

— Oui, Monsieur.

— Il y avait des bouteilles de bière vides dans l'auto.

Crisse! Asteur, je sais plus quoi dire. Il a probablement déjà parlé à Stan et aux

136

autres. Et quécé qu'ils lui ont dit? S'ils lui ont dit quèque chose de différent et qu'il voit que je lui conte des menteries, ça va pas avoir l'air trop bon pour moi, hein?

— J'ai têt ben pris une ou deux bières... Je pensais que vous parliez du fort. (C'est la seule chose qui me vient pour m'en sortir. Je m'imagine la mère si elle avait entendu ça...!)

— En as-tu pris, oui ou non?

— Oui.

— Combien?

— Je me rappelle pas.

— Plus qu'une demi-douzaine?

Crisse, il lâche pas!

— Têt ben, je me rappelle pas.

— Où avais-tu pris la bière?

— Elle était dans le char. Je sais pas d'où c'est qu'elle venait.

Ça a l'air pas mal stupide de dire ça, mais il peut tout de même pas s'attendre à ce que je *stoole* quèqu'un! Il insiste pas, Dieu soit loué! Mais c'est probablement à cause qu'il connaît déjà la réponse.

— Est-ce à cause de la bière que tu t'es endormi?

— J'étais fatigué aussi. J'avais pas beaucoup dormi le soir avant.

— Oké, on va laisser faire la bière pour le moment.

Sur quoi, il arrête de me questionner, et il écrit autre chose. Ensuite, il me dit :

— Dis-moi ceci : Te souviens-tu d'avoir été dans et autour du High School Blackmore à aucun moment, hier soir?

Ça, ça me prend par surprise. Je vois pas où il veut en venir.

— Non, Monsieur.

— Es-tu au courant qu'on y a cassé des fenêtres?

— Non, Monsieur. (Ça c'est vrai, j'étais vraiment pas au courant.)

— Hé bien, on a cassé huit fenêtres à l'arrière de l'école, hier soir, et j'ai un rapport voulant que l'auto de Stan Sheppard ait été sur les lieux à peu près à la même heure que c'est arrivé.

— Je suis pas du tout au courant. C'est la vérité.

— Et j'ai un autre rapport voulant que tu aies été dans l'auto au même moment.

Quécé qui se passe, sacrement! Des fenêtres... j'ai jamais entendu parler de ça.

— J'ai pas cassé de fenêtres, parole d'honneur!

— Aurais-tu été trop soûl pour savoir ce que tu faisais?

— Je dormais dans le char. Vous pouvez demander à n'importe lequel des autres gars qui étaient là.

— Es-tu bien sûr?

— Je pense ben, oui.

— Mais en es-tu sûr?

Je sais plus quoi dire, sacrement!

— Non, que je laisse échapper.

— Et étais-tu soûl?

— Je me rappelle pas.

— Autant me dire la vérité. Tu as déjà dû rétracter une de tes déclarations. Ce que je veux, c'est la vérité. Autant t'avertir tout de suite : si tu mens et que c'est prouvé, tu ne vas pas faire très bonne figure en cour.

— En cour!

— Oui.

— Mais j'ai pas cassé de fenêtres!

— Même si c'est le cas, tu peux être accusé de boire quand tu n'es pas en âge.

Ça me renverse. En cour! Attendez que la mère entende ça!

Il me demande encore quèques affaires, et je suis obligé de faire une déclaration officielle à propos d'hier soir et de la signer, mais en fin de compte tout ça revient au même. Quèqu'un a cassé une pile de fenêtres à l'école et couvert un bout de la bâtisse de peinture rouge à l'aérosol, et ça a tout l'air que c'est les gars dans le char qui l'ont fait. Mais ce que je lui ai dit d'écrire, c'est rien que la vérité. Je le jure. Je me rappelle pas du tout d'avoir été là. J'ai pas cassé aucune fenêtre, pas que je le sache, en tous les cas. J'aurais pas pu être parti à ce point-là, crime!

Mais il y a une chose que je sais — j'suis dans la marde jusqu'au cou. C'est la première fois que j'ai des problèmes avec la police, et j'aime pas trop ça, pour dire la vérité. Pis d'être obligé d'aller en cour, crisse!

J'aimerais autant me faire jeter d'un quai dans un sac à patates que d'être obligé d'avouer ça à la mère. Mais elle va l'apprendre, de toute façon, c'est sûr. Si c'est pas par moi, par quèqu'un d'autre. Une sacrée chance, le père est pas là!

Mais quand même, elle pourrait essayer d'être raisonnable. Au lieu, elle me fonce dedans de plus belle. C'est pas ma faute, sacrement, elle devrait pouvoir se rendre compte! Mais elle veut rien savoir. J'aurais même pu me passer de lui dire que je le regrettais.

— T'as le front de me dire que t'aurais pu être de ceux qui ont cassé les fenêtres et que t'es au courant de rien?

— Je pense pas que j'aurais fait une affaire comme ça, même soûl comme j'étais.

— Tu penses pas, tu penses pas! Comment penses-tu que je me sens dans tout ça, moé? Tu penses pas que j'ai honte? Des fois, je pense que j'ai encore plus honte que toi. C'est vrai. Pis c'est pas à cause que tu peux pas faire autrement. Tu t'en fous, c'est toute, complètement.

140

— De quoi je me fous? (Quécé qu'elle veut dire par là, sacrement?)

— De toi-même, entre autres choses. Où c'est que tu penses que tu vas finir si tu continues comme ça?

— Quicé qu'a dit que ça arriverait encore?

— À te voir aller...

Je la laisse parler. Je reste assis là, dans la cuisine, pour avoir l'air de l'écouter. Mais ça dure tellement longtemps qu'à un moment donné, j'en peux plus. Je fous le camp dans ma chambre et je claque la porte. Je sais ben que ce que j'ai fait est stupide, si je l'ai fait, sacrement! Mais un gars peut se tromper des fois, pas vrai? Ou ben, est-ce qu'il faut qu'on soit tous des p'tits anges comme Jennifer?

12

CHRIS

C'est pas mal stupide de m'être mis dans ce pétrin-là. Ce qui m'inquiète le plus, c'est que j'arrive pas à m'expliquer exactement ce qui est arrivé. Je suis certain que je me suis endormi dans le char. Certain. À part de ça, la seule chose que je me rappelle, c'est le bruit des bouteilles de bière sur le plancher en avant du siège de derrière. Si je me suis réveillé et si j'ai fait autre chose, j'en ai pas la moindre idée. Je le pense pas. Mais c'est pas très intelligent d'être obligé d'avouer que t'es pas sûr de ce que t'as fait.

La semaine suivante a été une des pires de ma vie. D'abord, la mère a commencé à dire qu'elle voulait plus que je sorte le soir. J'ai réfléchi sérieusement, mais ensuite je suis sorti pareil. Elle pouvait pas s'attendre que je reste tout seul à la maison un soir d'été. Je me suis tout de même arrangé pour être rentré et au lit quand elle arriverait de son travail, et j'ai pas vu Stan, excepté pour lui parler à travers la fenêtre de son char. Il faisait rien que rire de tout ça, comme si de s'être fait prendre était la plus belle farce du monde. Pour dire vrai, moi j'ai pas trouvé ça tellement drôle. Stan a voulu m'emmener à Blakeside encore, mais j'ai dit non.

C'est pas que j'aie fait grand chose d'intéressant quand je suis sorti, le soir. Mon histoire avait fait le tour de la ville, et je pouvais pas me montrer la face sans sentir que tout le monde allait me sauter dessus pour me questionner. J'ai essayé d'avoir l'air nonchalant quand ils me demandaient des questions, autrement ils auraient pu penser que j'avais peur, et c'est sûr que je voulais pas ça.

J'ai eu envie d'appeler Tompkins. J'avais besoin de parler à quèqu'un. Je suis allé au téléphone deux, trois fois et j'ai été sur le point de faire son numéro. Mais je me suis

144

dit qu'après l'avoir ignoré pendant des semaines, c'était pas la chose à faire. Je l'ai rencontré un soir, mais il était avec une fille, Cathy Delaney, et quèques autres. Il avait l'air d'avoir trouvé un autre groupe d'amis.

J'ai ralenti sur la bière, en tous les cas. J'ai bu que ce qu'on m'offrait, et alors, seulement quèques-unes. Je considère que c'était pas mal ralentir. Ça m'a rien fait les deux soirs, et ça, c'est un bon signe. Ça aurait dû suffire à la calmer.

Pantoute. Elle m'a pas laissé oublier une minute qu'il fallait que j'aille en cour. Et quand la police s'est présentée avec la sommation, plus tard dans la semaine, ça l'a remis à la planche. Assez pour vous casser la tête. Une chance qu'elle partait à quatre heures, parce que j'aurais pas pu endurer ça toute la journée. J'aurais foutu le camp. Sans farce.

Tous les matins, cette semaine-là, elle m'a fait une liste des choses que j'avais à faire dans la maison. «Pour me tenir occupé, qu'elle a dit, et m'empêcher de faire des bêtises.» Elle s'est même mis dans la tête de me faire repeinturer l'intérieur de la maison — la cuisine, imaginez-vous, avec toutes les armoires et les recoins! J'en ai eu pour deux bonnes journées à travailler comme un esclave. Si seulement ça avait été toute. Mais avant même que la peinture soit sèche

145

dans la cuisine, elle avait déjà acheté la peinture verte pour ma chambre et elle m'avait mis le pinceau dans la main. J'en verrai jamais la fin.

Ce qui me sauve, c'est un téléphone du Révérend Wheaton. Il est ben la dernière personne que j'attendais qui m'appelle. Je me sens coupable, d'abord, en lui parlant, à cause que je suis pas allé à l'église depuis si longtemps. Il a dû le remarquer. Et il doit savoir que je suis obligé d'aller en cour aussi. Mais il mentionne ni un ni l'autre. Ce qu'il veut savoir, c'est si ça m'intéresse toujours d'aller au camp comme conseiller. J'y ai pratiquement pas pensé depuis le commencement de l'été. L'année dernière, après le camp, j'étais ben enthousiaste à l'idée. Mais ensuite, quand j'ai cessé d'être enfant de chœur, j'ai pensé que le Révérend m'avait laissé tomber. On croirait qu'il y aurait pensé à deux fois avant de me demander, à cause du pétrin dans lequel j'ai été me mettre.

Mais il a pas eu besoin de le mentionner deux fois. N'importe quoi pour sortir de la maison pendant une escousse. Et il dit que le camp commence déjà mercredi, juste dans quatre jours. C'est ça qui m'encourage pendant que je me tue à peinturer.

Dimanche, je décide d'aller à l'église — une petite séance de réchauffement avant le

146

camp. Au service de huit heures du matin, rien de moins. C'est la première fois que je vas à l'église depuis des semaines. Ça a pas été trop mal, pour dire vrai. Je m'étais levé, j'étais sorti de la maison et j'étais revenu sans que personne s'en aperçoive. La communion a été ben tranquille, sans hymnes, et la meilleure partie, c'est qu'y avait pas beaucoup de monde pour vous regarder.

MA MÈRE

Il va falloir que je dise à Chris de se préparer s'il veut s'en aller au camp. Ils lui ont dit d'être prêt à dix heures. Je pense que j'ai ben fait de téléphoner au Révérend Wheaton. Je pouvais pas parler seulement à Frank de tout ça. Le Révérend m'a dit que Chris voudrait peut-être aller au camp avec lui, comme conseiller. Je sais qu'il y avait pensé, mais il en avait pas parlé depuis si longtemps que ça m'avait passé de l'esprit. Têt ben que dix jours là-bas, vont aider à le remettre d'aplomb.

Je sais que ça me ferait du bien de passer dix jours sans avoir à m'inquiéter à propos de lui, en tous les cas. Je peux presque plus lui parler, tellement il est devenu désagréable. Personne peut plus lui dire un mot. J'en suis à me demander si tout ce que je lui ai dit a servi à quèque chose. Ça lui est probablement rentré par une oreille et sorti par l'autre. Mais il faut tout de même pas que je le lâche, parce qu'il pourrait faire des choses encore pires.

Ces temps-ci, je lui fais peinturer le dedans de la maison. Ça l'occupe une partie du temps. Mais quand je pars travailler, j'ai pas de moyen de savoir où il va. Il est au lit endormi quand je reviens, mais qui sait s'il s'est pas remis à la bière. On peut plus rien lui dire astheur. Il se pense trop grand. S'il avait un peu de tête, il se serait pas mis dans ce pétrin-là. Steve, là, c'est le garçon le plus gentil du monde. J'ai dit à Chris : «C'est pas lui qu'on verrait vadrouiller à toute heure de la nuit.» Ça l'a fâché, mais ça me fait rien. Il m'a fait tant de misère, ces derniers mois, qu'il mérite tous les sermons que je peux lui faire.

Dix jours devraient me donner le temps de me remettre. Frank est après moi pour que je prenne quèques jours de repos, mais c'est très occupé, ces temps-ci, et trop de travail pour une seule personne. S'il arrive pas à remplir les commandes assez vite, ça va pas être bon pour les affaires. Il vient de s'acheter une nouvelle friteuse, et ça coûte cher, ces affaires-là. J'aime pas pas être là quand je sais qu'il a besoin de moi.

Le pire, quand tu réfléchis à tout ça, c'est de pas pouvoir lâcher la job. Frank devrait pourtant savoir que ce qui se passe entre nous deux, ça peut pas durer encore ben longtemps. Il va falloir qui se passe quèque chose, d'une manière ou d'une autre. Tout arrêter, ou ben dire à Gord que j'veux une séparation. Je peux pas vivre comme ça. Ça va pas mettre longtemps à se savoir, pis alors, il sera trop tard. Ça, ça ferait aller les langues, de la façon que les gens ont de placoter ici!

Il faut que je pense à moi. Pis à ma famille. Les dix-sept ans que j'ai passés avec Gord jusqu'ici ont pas été si pires. On a deux beaux enfants. Des fois je me demande si on se serait jamais mariés si j'avais pas été enceinte de Jennifer. Je serais têt ben partie travailler ailleurs, où ce que j'aurais pu rencontrer quèqu'un d'autre. Ça sert à rien d'y penser, astheur. Ce qui est fait est fait. Il faut que je pense au présent.

Ça fait trois mois que Gord est parti. La dernière fois qu'il m'a téléphoné, il m'a dit qu'il reviendrait avant longtemps. Il va faire des *shifts* doubles pour pouvoir s'en revenir en avion. Il m'a dit que si, cette fois-ci, il peut toujours pas trouver de travail, on va tous déménager à Calgary. C'est à peu près la dernière chose que je voulais entendre.

J'en ai pas encore parlé à Chris. Ça ferait rien à Jennifer, à cause qu'elle va être partie à l'université en septembre. Ils ont déjà accepté sa demande de résidence et tout le reste.

Quand j'ai dit à Gord que Chris allait aller en cour, il a fait une de ces colères! S'il hésitait à revenir, ça l'a décidé, laissez-moi vous dire. Il m'a dit qu'il aurait jamais pensé que Chris ferait une affaire de même. La seule chose, comme je l'ai dit à Gord, c'est que Chris a changé, et c'est loin d'être pour le mieux. Un matin, il a téléphoné pour jaser avec. À son heure, il était juste six heures, mais ici, il était neuf heures et demie, et j'avais déjà fait lever Chris pour qu'il finisse de peinturer la cuisine. Je sais pas ce que Gord lui a dit, mais ça avait pas l'air d'être trop plaisant. Chris a juste pu placer dix mots, pis tout le reste est venu de l'autre bout. Quand il a finalement raccroché, il avait pas l'air du tout content. Il a découvert que c'est pas seulement moé qu'il a désappointée par sa mauvaise conduite. Ça en prend beaucoup pour que son père se fâche contre lui, mais quand ça arrive, il sait que c'est sérieux.

DEUXIÈME PARTIE

13

CHRIS

En embarquant dans l'autobus, j'ai décidé d'oublier toute cette maudite affaire. Claquer la porte sur tout ce qui m'a énervé, ces derniers temps. D'abord, la mère. Ensuite papa. Je m'attendais pas à ce qu'il m'engueule comme ça. Je me doute ben que c'est maman qui l'a forcé à le faire. C'est son genre. Il a même pas voulu arrêter pour écouter mon côté de l'histoire. Il a rien fait que m'interrompre pour me dire que j'aurais dû avoir plus de bon sens. Jurant avec ça! Si lui avait voulu être raisonnable, j'aurais têt ben essayé de lui expliquer les choses, mais après un bout de temps, j'ai décidé de laisser faire.

Ce que j'ai toujours aimé avec le camp, c'est que la minute que tu débarques, c'est comme si on t'avait transporté dans un autre monde. Il pourrait se passer des milliers de choses en dehors, mais t'en sais absolument rien. Une clôture de dix pieds de haut serait pas mieux. Et ces temps-ci, quatre-vingt milles et une clôture de dix pieds, c'est exactement ce qu'il me faut.

Au carrefour de Marten, son quatrième arrêt, l'autobus était déjà aux trois quarts rempli de gars. Je me suis rendu en arrière, en marchant entre les sièges, et j'ai déposé mon sac à dos et mon sac de couchage avec le reste. Je cherchais surtout quèqu'un que j'aurais reconnu d'une autre année. Les campeurs étaient tous trop jeunes, mais il pourrait y avoir un membre du personnel qui y était en même temps que moi, une année. J'en ai reconnu un: Dwight Strickland. Il était au camp, y a deux ans.

— Comment ça va, Strickland? que je lui dis, en me glissant sur un siège vide devant lui. (Il est assis en travers de deux sièges, en train de fumer, et la fumée sort par la fenêtre ouverte derrière lui. C'est ben le dernier gars que je me serais attendu à avoir

154

revenir au camp.) Quécé que tu fais icitte? Es-tu conseiller?

— Oui, toi? (Je hoche la tête.) Oké!

Il m'avait jamais frappé comme un gars qui aurait aimé le camp assez pour vouloir y revenir comme conseiller. Tout ce que je me rappelle de lui, c'est qu'il fumait en cachette et se plaignait de la nourriture.

— Penses-tu qu'il va y avoir des filles, cette année? qu'il dit. C'est surtout pour ça que je suis venu. Ça et pis l'idée d'avoir rien à faire tout l'été.

Des années, y a une ou deux filles, pour rendre ça un peu plus excitant.

— Têt ben que l'institutrice de natation qui était là y a deux ans va revenir, que je lui dis.

— Tu veux dire *Flipper*? J'ai jamais su son vrai nom. Ouais, elle était pas mal. Mais avec ma chance, on va probablement se retrouver avec un dirigeable de deux-cent-cinquante livres... Quelqu'un qu'ils vont être forcés d'appeler *Le Titanic* ou un nom pareil.

Il me fait rire.

— Combien y va-t-y y avoir de campeurs, sais-tu?

— J'ai entendu le gars, là, dire quatre-vingt-cinq ou quatre-vingt-dix. Écoute, qu'il ajoute, ils s'attendent pas qu'on va les laisser trop nous embêter, hein?

Je rigole.

— Comme de se faire noyer dans du Pepsi?

— Ouais, des farces plates comme ça.

Il parle sérieusement.

D'après ce que je me rappelle, on avait ben ri, c'te fois-là. C'était l'année que Strickland était au camp. J'avais réuni les gars de notre cabine, durant une des heures ou on va s'acheter des bonbons à la cantine, et on a décidé de faire une farce plate à Slink, qui était un des conseillers. C'était un gars pas mal, mais vous savez ce que c'est, quand on veut avoir du *fun*. On avait chacun caché une canne de Pepsi sous nos lits, quand il est arrivé pour nous parler du programme pour le reste de la journée. Après qu'on l'a eu laisser parler le temps de manger une couple de *Oh Henry*, on s'en est tous emparés, pis on l'a traîné au milieu du plancher. Il était pas petit, ben plus grand qu'aucun d'entre nous: mais quécé qu'il pouvait faire contre quatre gars? On s'y est tous mis alors, une canne de Pepsi en main. Et puis après les avoir bien agitées et cognées par terre une couple de douzaines de fois, on s'est mis à l'arroser. On l'a autant dire noyé, le pauvre gars! Y en avait partout sur ses habits, sur sa tête, dans son nez, et la dernière canne de toutes, dans ses shorts! Je suis forcé de dire que,

156

pour quèqu'un dont les gosses flottaient dans le Pepsi, il a pas mal pris ça. On a ouvert la porte et on l'a laissé sortir après ça. Il s'est mis à courir à travers le champ, pendant qu'un des gars criait à tue-tête: «Slink a eu un rêve mouillé!»

Le Révérend s'est amené à toute vitesse à travers champ quand il en a entendu parler, dans l'intention de nous engueuler. Mais avant qu'il est pu arriver, la cabine était toute essuyée, au point qu'on aurait jamais pensé qu'il y avait jamais eu une seule canne de liqueur. Il a pas dit grand-chose. En autant que personne s'était pas fait mal et que tout avait été laissé en ordre, il s'en est pas trop fait. C'était différent, par exemple, la fois que les gars de la cabine Cinq, à force de cogner dedans avec un manche à balai, ont fait un trou dans la porte. Ça a fait de étincelles!

L'autobus arrive au camp autour d'une heure et demie. Au bout de quèques instants. Le Révérend Wheaton s'approche.

— Chris, qu'il dit, et ... Dwight, je pense? Je suis heureux que vous n'ayez pas raté l'autobus. Vous allez devoir vous installer dans une des huttes du personnel. Choisissez-vous une chambre et laissez-y vos affaires. Et si vous voyez des campeurs, dites-leur de se rapporter à l'immeuble principal pour l'enregistrement.

Dans la hutte du personnel, nous rencontrons les trois autres gars qui feront partie du personnel junior. J'en reconnais un, mais pas les autres. Mais ils ont tous l'air oké. Ils ont déjà choisi leurs chambres, et Strickland semble penser tout naturel que moi et lui on partage la même. Je refuse pas, ce qui serait pas très amical de ma part, et je le suis en dedans et lance mon équipement sur le plancher.

La première chose qu'il fait, c'est se coucher sur la couchette du bas et se mettre à fumer. Une vraie cheminée. Entre les bouffées, il fouille dans un sac de sport et en tire un magnéto huit pistes et une vingtaine de cassettes. Il en sort un de April Wine. Je l'aime ben, April Wine — il l'a mis un peu fort, pour mon goût, tout de même — mais je trouve qu'au commencement du camp, y a des choses plus intéressantes à faire que de rester étendu dans sa chambre à écouter de la musique.

Je saute de la couchette du haut, et je m'en vas *tchèquer* ce que font les autres. Ils sortent justement pour aller voir le personnel senior en train d'enregistrer les campeurs. Moi pis l'autre gars qui a déjà été au camp avant, Craig, on renseigne les deux autres sur chacune des bâtisses — la hutte d'artisanat, la chapelle, la salle à manger, le sentier pour se rendre à travers

158

bois jusqu'à l'endroit où on se baigne et l'autre, que mène à un petit quai et au hangar où on range les canots.

Y en a de toutes les sortes au camp. Des gars gênés qui parlent presque pas; d'anciens campeurs qui se poursuivent comme si on venait de leur enlever leur laisse; des durs, qui vont faire des problèmes pour tout le camp. Ça se devine rien qu'à les voir agir.

Un jeune s'approche de moi et me dit:

— T'es un conseiller, toi?

— Oui.

— Comment aimerais-tu te faire massacrer la première nuit par des campeurs?

Il saute sur place, les poings levés, en esquissant quelques manœuvres de boxe.

Un vrai trésor, cet enfant!

«Si on faisait laver la vaisselle à ce morveux... en permanence? que je me dis. Ça lui fait pas un pli. Il se fait toujours aller les poings comme s'il mourait d'envie de me frapper.»

— Va donc voir là-bas, que je lui dis, si tu peux pas trouver un arbre où t'attacher.

Je peux voir que ça va être une semaine ben le *fun*.

Au bout d'un moment, le Révérend s'amène pour nous parler.

— Tout va bien? qu'il demande. Ça a l'air qu'on va vous tenir occupés. Chaque fois que vous en aurez l'occasion, faites le tour, parlez aux campeurs, apprenez à les connaître, surtout ceux qui ne sont jamais venus ici. Certains d'entre eux ont encore un peu peur; c'est la première fois qu'ils partent de chez eux, et ils ne savent pas exactement à quoi s'attendre. Vous connaissez ça. Oké?

Ensuite, me regardant:

— Chris, j'aimerais te dire quelques mots. Viens avec moi, veux-tu?

Il se met à marcher à travers champ. Je l'accompagne. Je savais ben que ça devait arriver, tôt ou tard.

— Je ne t'ai pas beaucoup vu, ces deux derniers mois. Comment ça va?

— Oké, je suppose.

On marche encore un peu avant qu'il s'arrête pour me dire:

— Tu ne veux pas m'en parler?

— Y a pas grand-chose à dire.

— Oké, ça va. Peut-être que plus tard on pourra avoir une petite conversation?

Je hausse les épaules. Il insiste pas. Ça, c'est une chose avec lui: il le sait quand il faut pas achaler le monde.

— Chris, ça fait combien d'années que tu viens au camp?

— C'est ma quatrième.

— Tu avais quoi... treize ans, lorsque tu y es venu pour la première fois?

160

— Autour de ça, oui.

— T'es-tu jamais ennuyé de chez toi?

— Pas beaucoup. Un peu, le premier jour. Après ça, ça été oké.

— Parfait. La plupart des garçons ici ont onze ou douze ans. C'est un peu plus jeune. J'ai une responsabilité à te confier, et je pense qu'avec tes trois ans d'expériences comme campeur, tu es la personne toute choisie.

Il se retourne du côté des campeurs.

— Y a un jeune du nom de David Morrison. Là-bas, tu le vois? Celui avec les lunettes, assis sur son baluchon. Il a à peine onze ans et il est venu au camp seul. Comment te paraît-il?

— Il a l'air de s'ennuyer de chez lui.

— C'est à peu près ça. Il est déjà venu me voir deux fois en me disant: «Monsieur, je voudrais retourner chez moi... Monsieur, est-ce que je peux appeler pour qu'on vienne me chercher?

— Il faudrait pas le laisser faire ça.

— Non, tu as raison. Il ne faut pas lui céder, pas encore. Il faut qu'il se donne une chance. Ce que j'aimerais que tu fasses, c'est lui parler, essayer de l'aider à résoudre son problème. C'est peut-être tout ce qu'il lui faut — un ami, quelqu'un à qui parler.

— Têt ben, oui.

— Veux-tu essayer?

— Oké... oui, y a rien de mal à essayer.

— À la bonne heure!

Et, avant que je m'en aperçoive, le Révérend est déjà parti, me laissant avec mon problème. Je n'ai pas l'habitude d'essayer de me faire ami avec un gars de onze ans, surtout un que j'ai jamais vu de ma vie. Quand je le retrouve, il a pas l'air prêt à connaître une guérison instantanée.

— Salut, David! Quécé que tu fais?

Il lève la tête pour me regarder, mais la rebaisse aussitôt.

— Comment as-tu su mon nom?

— Je sais plus qui me l'a dit. T'as pas l'air trop heureux.

Il me répond pas. Je commence à penser qu'il est pas trop fort sur la conversation.

— Quécé que t'as? Le chat t'a mangé la langue?

— J'ai rien du tout.

— La malaria?

— J'ai rien qui va pas! Alors tu parles pour rien.

Quécé que t'es supposé dire à quèqu'un d'aussi épais?

— D'où viens-tu?

Il marmonne quelque chose.

J'essaie de le répéter.

— C'est un nom étrange, que je lui dis.

— Carbonear, qu'il dit, en criant presque. Carbonear. Es-tu sourd?

— Ménage tes cordes vocales, bon-homme. C'est un endroit bien?

— C'est oké.

— Y a-t-y des jolies filles là-bas?

Ça, ça le fait sourire.

— Y en a-t-y, oui ou non? Enweille, dis-moi. Y se pourrait que j'aille là-bas un de ces jours.

— Quelques-unes.

— Est-ce qu'elles ont des belles fesses?

Il éclate de rire. Pas mal comme straté-gie.

— Écoute, tu veux entendre une bonne farce? (Il faut que je me dépêche, maintenant que j'ai mis quèque chose en marche.)

— Ça m'est égal.

Je lui en conte une d'un peu cochonne. Pas trop pour ses jeunes oreilles quand même. Ça le fait un peu rire.

— As-tu été t'enregistrer?

— J'y vais pas.

— Pourquoi pas?

— Je suis pas sûr de rester.

— Sûr, tu vas rester. Tu vas aimer ça ici, une fois que tu connaîtras un peu de monde. Quand on t'aura donné une cabine, tu te feras des tas de nouveaux amis.

Ça a pas l'air de trop l'impressionner. Ça va prendre plus que ça.

— Aimes-tu aller en canot? que je lui demande.

163

— J'y ai jamais été.

— Quécé que tu dirais si on allait en faire sur la rivière, après souper?

— J'y connais rien.

— Je vas te montrer.

Ça semble l'intéresser.

— Oké?

— Oké... je suppose.

Il va faire la queue à l'enregistrement, après ça. Pas très enthousiaste, mais c'est un début, au moins. Je pense que je l'ai aidé un peu.

Environ une heure plus tard, je vas faire un tour à la cabine numéro trois. C'est là qu'on l'a mis, avec six autres gars. Eux, ils sont par paires, avec des gars qu'ils connaissaient avant. Lui, il est seul. Ça fait rien. Avec le temps ça va s'arranger. Il faut seulement apprendre à se connaître.

Quand j'arrive, il est sur une couchette du bas, avec son équipement à côté de lui, pas même déballé. Les autres ont au moins étendu leurs sacs de couchage sur leurs lits. Et il est le seul qui se prépare pas pour la nage générale avant le souper.

— Salut, Morrison. Tu viens te baigner?

— Je sais pas nager.

— Mais tu peux au moins te mouiller, non?

Certains des gars rient de ça, mais pas lui.

164

— Viens-t'en! on y va tous, dit l'un d'entre eux.

— J'ai pas besoin d'y aller, si je veux pas!

Je laisse faire la nage. Il faut pas que je le dégoûte. Je devrais têt ben regarder le bon côté de la chose : au moins, il pleure pas.

— Bon, les gars, c'est le temps du sondage.

— Quel sondage?

— Quel sondage! Pour le souper, voyons. Pour savoir combien y en a qui veulent leur steak bien cuit?

— On va avoir du steak pour le souper?

Ils n'en croient pas leurs oreilles.

— Exact, vous avez pas entendu l'annonce? Combien de steaks ben cuits?

— Il nous fait marcher.

— Pantoute. Dépêchez-vous, il faut que j'aille le dire à la cuisine. Vous pouvez l'avoir ben cuit, médium ou saignant. Combien de ben cuits?

Y en a un qui lève la main.

— Seulement un? Combien pour médium?

— Je veux le mien bien cuit.

Bon, ça avance.

— Ça fait deux ben cuits. Trois, astheur. Décidez-vous! Quatre... Écoutez, les gars, je vas jamais y arriver. Et les autres, médium ou saignant? Médium, médium. Et toi, Morrison?

— Moi, je me laisse pas avoir, qu'il dit, sans s'exciter.

Je le dévisage, mais sans perdre mon sérieux.

— Morrison, regarde-moi. Est-ce que j'ai l'air de quèqu'un qui conte des menteries?

— Oui.

— Tu veux un steak ou pas?

— Y a pas de steaks. Les boys, il nous fait marcher.

— Qu'est-ce que tu gages?

— Une cantine, qu'il dit, tout excité tout d'un coup. S'il y a pas de steak, tu vas être obligé de payer ma cantine demain.

Comment je vas me sortir de ça, astheur? Le p'tit mosusse pense qu'il m'a eu.

— J'ai pas le droit de gager. C'est contre les règlements du camp. Un conseiller n'a pas le droit de gager avec un campeur.

— C'est des menteries.

— Oké, on va voir... Ça fait quatre ben cuits, deux médiums, et je veux le mien saignant. Morrison en aura pas.

— Comment tu t'appelles? qu'il me demande.

— Chris.

— Chris, t'es plein de baloné.

— Je me rappelerai de ça. Insulter un conseiller. Deux jours à la vaisselle, c'est automatique. Les autres, vous êtes oké. Y a que lui qu'est mal pris.

Il faut que je fasse attention de ne pas aller trop loin. Les autres me croyaient dur comme fer, mais astheur, ils commencent à avoir des doutes.

On entend alors le haut-parleur qui annonce le rassemblement pour la nage générale. Sauvé par la cloche! Les autres six sortent en vitesse, en me menaçant des pires choses, s'il y a pas de steaks sur la table au souper.

— Viens t'en donc! que je dis à Morrison.

— T'es pas sérieux pour une miette.

On peut dire qu'il se fatigue pas vite, celui-là.

— Sais-tu ce que je fais à des gars comme toi?

— Non, quoi?

— Je fais de la viande hachée avec leur cerveau.

— Avec toi, ça serait pas difficile, qu'il dit en riant franchement pour la première fois.

— Aha! tu veux faire l'effronté, hein? que je lui dis en lui administrant deux-trois bonnes claques comme on passe la porte. Et tu sais pas quand t'arrêter?

— Je me laisse pas avoir, moi!

— C'est ce qu'on va voir!

Il me poursuit jusqu'à la moitié du champ avant que je sois tellement en avant qu'il peut plus me rattraper. Il a l'air de s'améliorer. Encore une journée, pis il va être oké.

14

CHRIS

À table, au souper, les 'ti gars de la cabine trois menacent de me tuer aussitôt après le dessert. Tous, excepté Morrison, ben heureux d'avoir été le seul à pas s'être laissé avoir.

C'est du goulash qu'on a pour souper. J'essaie de leur dire que c'est du steak, seulement haché et mélangé à d'autres ingrédients. Après ça, on présente le personnel, comme d'habitude après le premier repas au camp. Chacun de nous se voit donner un p'tit nom, que les campeurs devront employer pendant tout le temps où on sera ensemble. Des années passées, je me rappelle que les mêmes noms nous reviennent toujours: *Flipper* ou *Dents de la mer*, pour la personne qui s'occupe de la nage, et *Monsieur Chips* ou *Woody* pour celle qui est à l'artisanat. Wheaton demande des suggestions. Elles lui viennent de partout dans la salle. Il fait arrêter ce concours de gueulage, et ils votent sur deux ou trois noms. Pour moi, comme je suis dans la moyenne pour le poids et la grandeur, que j'ai pas les cheveux blonds, et pas de traits différents comme un nez de dix pouces de long, c'est certain que ça va avoir à faire avec le canotage. C'est de ça qu'il leur dit que je vas m'occuper. Logique, non? Mais un des gars de la cabine numéro trois: «Boulette de viande!», un autre: «La cervelle», et enfin, le dernier: «Le Beu». C'est pour celui-là qu'ils se décident. Les gars à la table se tordent de rire, comme si c'était la meilleure farce de la journée. Ils pensent m'avoir rendu la monnaie de ma pièce.

Après souper, c'est tout ce que j'entends en sortant du réfectoire: «Le Beu» répété par tous les gars qui s'approchent de moi. C'est Morrison qui m'agace le plus, clamant que c'est lui qui y a pensé d'abord. Il paraît tellement s'amuser, que je le laisse dépasser les quinze secondes que j'alloue d'habitude avant de le menacer de lui remonter la face à ma manière. Même si c'est la personne la plus têtue que j'ai jamais rencontrée, y a une chose que j'aime ben chez ce 'ti gars-là, c'est qu'y sait comprendre une farce. On s'y attendrait pas chez un gars de son âge.

Je l'emmène faire du canot après souper. Sans en parler, à cause qu'autrement une douzaine de gars se plaindraient que c'est pas juste. On sort un canot en fibre de verre de quinze pieds. Il faut d'abord que je lui montre la bonne façon de monter à bord, et que je lui donne certaines informations de base comme de garder son poids au milieu et de ne pas bouger comme s'il se pensait sur un pétrolier. Il comprend vite, et c'est pas long qu'il se met à avironner régulièrement. Je le félicite.

On se promène assez longtemps pour en profiter, mais pas pour qu'on nous manque au camp. Il va rien se passer avant les parties de soccer et de balle-molle à sept heures et demie, dans tous les cas.

Pour dire vrai, c'est une façon pas mal agréable de passer une demi-heure. Être en canot comme ça, quand le soleil se couche, c'est quèque chose qui me va droit au cœur. Et c'est si tranquille, avec juste un oiseau par-ci, par-là qui s'exerce les poumons.

Morrison est après moi pour qu'on aille sur le lac, mais on peut pas, à cause qu'y a pas mal de vent là-bas. On se contente d'aller et de venir sur la rivière ou c'est plus à l'abri. La première chose qu'il dit quand on prend le chemin du retour, c'est «À quand la prochaine fois?» Il fallait s'y attendre. Je peux rien lui promettre, à cause que quand les leçons de canotage vont avoir commencé demain, je vas en avoir plein mon casse du canot. À part de ça, je peux pas lui donner trop de privilèges.

— On verra, que je lui dis.

— Demain matin, après le déjeuner, ça serait possible?

— Attendons à demain, pis on verra.

Il sait qu'il va devoir se satisfaire de ça.

— Je vas te dire une chose, par exemple, que j'ajoute, pour quèqu'un avec deux mains gauches tu te débrouilles pas mal.

— Pour quèqu'un avec un p'tit cerveau comme le tien, tu te débrouilles pas mal non plus.

Il est vite sur ses patins, le jeune!

À la réunion du personnel, ce soir-là, une fois que les campeurs sont dans leurs cabines où ils sont supposés se coucher, le Révérend me demande comment ça marche avec mon protégé.

— Très bien, que je lui réponds. Je pense pas qu'on aura beaucoup de problèmes avec lui.

172

Le Révérend paraît content. Quand vient le moment d'assigner les cabines des campeurs aux membres du personnel, il m'a inscrit sur la liste à la cabine numéro trois. C'est bon signe. Ce qu'on est supposé faire, c'est les surveiller, résoudre les problèmes qui peuvent se présenter, et surtout, les faire tenir tranquilles le soir quand certains d'entre eux pensent que c'est le moment rêver pour s'épivarder.

LE RÉVÉREND WHEATON

Comme directeur du camp, il me paraît essentiel que chaque membre du personnel sache, dès le départ, ce que l'on attend de lui. Sinon, des problèmes se poseraient sûrement. J'insiste toujours sur ce point à la première réunion du personnel. Nous devons tous savoir pourquoi nous sommes ici, et nous devons établir l'ordre de nos priorités.

Il est bien évident que c'est la qualité des membres du personnel qui déterminera en définitive le succès du camp, cette année. J'ai la chance de compter parmi eux deux ou trois personnes qui m'assistent depuis des années: mais il est très difficile d'obtenir un personnel dont tous les membres soient compétents. Ils ne sont pas nombreux, en effet, les gens prêts à passer dix jours dans un camp où ils seront responsables de quatre-vingt-cinq garçons, sans être payés. Certaines années on peut avoir la chance de dénicher cinq ou six personnes vraiment fiables, qui feront le succès du camp. Mais le plus souvent, il faut se contenter de ce qui se présente.

Je ne suis pas du tout sûr de ce Strickland. Lorsqu'il m'a appelé pour me demander s'il pouvait venir, je ne l'ai pas tout de suite replacé, tout en sachant qu'il était déjà venu au camp. Je l'ai accepté parce que j'avais encore besoin de deux autre membres du personnel junior, mais je ne suis pas sûr d'avoir eu raison. Je l'ai bien averti, comme je le fais toujours, qu'il ne s'agissait pas de venir au camp simplement pour s'amuser.

Il n'y a pas que le personnel junior qui puisse causer des problèmes. J'ai dû, par le passé, remercier certains hommes qui se montraient trop durs envers les campeurs. Je ne tolère absolument pas qu'on malmène les enfants, d'aucune façon, quelle que soit leur conduite. Certains d'entre eux en endurent déjà suffisamment à la maison.

Les premiers jours, avant qu'on ait établi un programme, sont les plus durs. Chris veut s'occuper du canotage, c'est donc là que je l'ai placé, encadré par John Earle. Ça devrait bien se passer, pour lui. John n'est jamais venu à ce camp-ci, mais il m'assure avoir été instructeur à plusieurs camps de jour du YMCA. J'ai eu de la chance de trouver quelqu'un d'expérimenté comme lui. Il y a un an ou deux, il a fait partie de l'équipe provinciale aux Jeux d'Été, et en septembre, il doit retourner à l'université, faire sa dernière année d'éducation physique.

Ça devrait s'arranger avec Chris. Je suis assez sûr que sous cette histoire d'aller en cour, il y a plus que ce que sa mère dit. Ce n'est pas un mauvais garçon. Il s'agit de s'habituer à lui, à ses façons nonchalantes — qu'il tient en partie de son père. Quoique, d'après ce qu'on m'a dit, le père a causé de nombreux soucis à sa famille, avant de partir dans l'Ouest. Ce pauvre homme, c'est vraiment dommage. S'il y avait eu du travail dans nos parages, il n'aurait eu aucune difficulté à se trouver un emploi. À ce chapitre, je l'ai vu faire le travail de deux hommes l'année dernière quand il a fallu réparer le toit de l'église.

Chris est responsable comme son père pour cela aussi. Vous lui demandez de faire quelque chose et il le fait. Je n'ai pas hésité un instant à lui proposer ce poste de conseiller. Et si j'en juge par le premier jour, je n'ai pas eu tort. Il s'est si bien occupé du jeune Morrison jusqu'à ce que celui-ci se soit adapté à la vie du camp. Chris devrait retirer une expérience valable de ces dix jours. J'aime donner autant de responsabilités que possible au personnel junior. C'est une excellente formation.

Je ne peux pas dire que Chris ne m'ait jamais déçu. Ainsi il a cessé de servir la messe, sans même venir m'en expliquer la raison, par exemple. Il n'est pas facile de trouver des garçons de son âge qui soient prêts à travailler pour l'église. La plupart des adolescents ne veulent pas être ouvertement religieux. Je fais de mon mieux pour les intéresser, mais il y a des limites à ce qu'on peut faire. À Saint-Paul, nous avons mis sur pied un service à l'intention des jeunes. La réponse a été enthousiaste. Mais ça n'a lieu qu'une fois par mois, et on les revoit généralement pas avant le mois suivant. Il y aussi le fait que les paroissiens plus âgés sont tellement conservateurs. Ils vont même jusqu'à appeler le presbytère, pour se plaindre si un service est accompagné à la guitare ou si les jeunes tapent des mains.

CHRIS

Le Révérend ne met pas longtemps à nous expliquer ce qu'il attend de chacun des membres du personnel. On va ben s'amuser, c'est sûr, mais il veut que chacun fasse sérieusement sa part en ce qui concerne les classes d'instruction et la vie du camp. Il a une façon de nous faire comprendre ce qu'il veut, sans sonner trop différent des autres membres du personnel. Une grande partie de la réunion se passe à essayer de faire l'horaire des activités. Quelqu'un apporte du café et, ce que j'aime ben ici, c'est qu'y en a qui ont que seize ans et d'autres qui sont mariés avec trois-quatre enfants, mais on est tous plus ou moins égaux. Personne a l'air d'avoir plus de réponses que les autres. J'aime ben avoir mon mot à dire.

La réunion dure pas trop longtemps, à cause que, même dans la hutte du personnel, on peut entendre les campeurs à l'autre bout du champ, qui sont loin d'être couchés. Il faut s'y attendre, remarquez. Quand j'étais campeur, on en faisait toujours voir de toutes les couleurs aux conseillers, le premier soir. Les activités les plus populaires étaient de courir d'une cabine à l'autre et les batailles d'oreillers. Je me rappelle pas de m'être endormi avant deux heures du matin, le premier soir au camp. Maintenant les rôles sont renversés, et c'est moi qui dis aux campeurs de faire moins de bruit et de pas se courir après. «Et pis, les boys, est-ce que vous voulez vous faire enlever vos lampes de poche? que je m'entends leur demander. Sinon, éteignez-les.»

Dès que je touche la poignée de la porte numéro trois, je les entends se précipiter pour cacher leurs lampes de poche. Je m'attends à ce qu'ils fassent du bruit comme les autres, mais quand j'ouvre la porte, je me trouve en face de ben plus que j'attendais. Ça blasphème là-dedans comme vous pouvez pas imaginer — pas exactement ce qui est recommandé à un camp mené par des religieux.

— Quécé qui se passe, les boys? que je leur crie en promenant ma flashlight autour de la chambre. Astheur, ils sont tous rentrés dans leurs sacs de couchage.

Personne veut rien dire, d'abord, mais ensuite y en a un qui s'aventure:

— Morrison pleure parce qu'il a eu peur, c'est tout.

— Tais-toi! dit Morrison, à moitié étouffé dans son oreiller.

— Quécé qui s'est passé?

— Darren nous racontait des histoires de fantômes, pis Dave, là-bas, s'est mis à chialer.

— Vous n'avez pas d'affaires à raconter des histoires de même.

— Pourquoi pas? Il a pas besoin d'écouter s'il veut pas. Tous les autres, on voulait l'entendre.

178

Ça, c'était sûrement Darren.

— Je pars d'ici demain, annonce Morrison.

— Pourquoi déménages-tu pas dans une autre cabine, si t'aime pas la compagnie?

— Je m'en vais chez moi!

Ça recommence! J'aurais aussi ben fait de ne pas parler de lui au Révérend.

— Écoutez, les boys, arrêtez-moi ces histoires de fantômes! Essayez d'être raisonnables. Pourquoi pas raconter des farces, au lieu?

— On a déjà raconté toutes celles qu'on connaît.

— Conte-nous-en, toi.

— Oui, tu dois en connaître.

Je leur en raconte quatre-cinq, juste pour les tranquilliser. C'est tout ce qui me vient à l'esprit sur le moment. Je voudrais donc que Tompkins soit ici. Il pourrait les occuper toute la nuit. Entre mes farces, y en a qui en content aussi, ça fait qu'on passe autour d'une heure et demie à blaguer. Ils veulent tout savoir sur moi, d'où c'est que je viens, si j'ai une amie de cœur et le reste, pis moi j'en arrive, après un bout de temps, à savoir le nom de chacun et où ils habitent.

P'tit à p'tit, ils s'endorment les uns après les autres, jusqu'à ce que finalement y en ait plus rien que deux qui bavassent ensemble. Même quand je leur dis bonsoir, ils continuent de trouver de quoi parler, et j'ai comme l'impression que ça pourrait durer encore des heures.

Je retraverse le champ, et quand j'arrive à la hutte du personnel, je suis pratiquement jeté par terre par un gars qui court après un autre, de la crème à barbe plein la main. Craig, celui qui est en avant, court partout pour essayer d'échapper à l'autre. Je l'attrape et je le cloue par terre pour donner à l'autre la chance de ben le barbouiller. Y a des membres du personnel qui sont pires que les campeurs, sans mentionner de noms. Je m'en rends compte par moi-même, un peu plus tard, quand je trouve mon sac de couchage plein de miettes de biscuits soda.

Strickland est sur le lit du bas, en train de marmonner qu'il sait pas ce qu'il va faire pendant dix jours, à cause que les seules femmes autour sont ou ben mariées ou ben sur le point de recevoir leur pension de vieillesse. C'est peut-être lui qui m'a fait ça... non ça serait plutôt Craig, mais je suis trop fatigué pour essayer de le savoir; alors je me contente de retourner mon sac à l'envers, en répandant toutes les miettes au milieu de la place. Strickland gueule que ça va faire un beau dégât.

— T'en fais pas. Je nettoierai ça demain.

— Tu vas pas déjà t'endormir?

180

— Je suis fatigué.

— Voyons! qu'il dit, en faisant sauter mon sommier, au-dessus de lui, avec son pied. Quand je dis rien, il recommence. Pis, il recommence encore.

— Arrête, crisse!

— Veux-tu une cigarette?

— Non.

— Attrape, qu'il dit en m'en envoyant une avec son briquet.

Je me retourne sur le dos. Autant faire ce qu'il veut. Autrement, il va pas me laisser en paix.

— J'ai l'impression que le camp va être vraiment plate, qu'il dit.

Il a l'air d'aimer à démoraliser le monde. À quoi il s'attendait, sacrement?

— Wheaton me fait déjà faire trois choses, et ce soir, au souper, il m'a fait faire la vaisselle, en plus!

— T'inquiète pas.

On est pas encore ici depuis douze heures, que déjà Strickland se plaint. Comment est-ce qu'il va être au bout de dix jours?

— Tu sais ce que j'aimerais avoir, en ce moment?

— Non, quoi?

— Une bonne bière bien froide.

— Moi aussi. Dors, astheur!

— Aimes-tu prendre un coup?

— Des fois.

— T'es pas aussi moumoune que je pensais, alors.

— Quécé que tu veux dire par ça?

— Tu me frappes pas comme quelqu'un qui aime boire.

— Essaie donc de dire ça à ma mère!

— Le soir avant de venir ici, sais-tu ce que j'ai bu? Onze Labatt et je les ai à peine senties.

Vantard, en plus.

— Ouais...

— Crois-moi pas si tu veux pas. Ça m'est bien égal. Je parie que tu sais pas à quoi ça ressemble, onze bières.

— À de la marde!

Mais je suis pas d'humeur à discuter avec ce gars-là. Surtout à propos de la bière. C'est supposé être quèque chose que je suis venu ici pour oublier.

— Dors, donc, Strickland. Cette conversation commence à être pas mal plate.

Strickland est sorti de son sac de couchage, astheur. Il est debout, les bras allongés en travers de la couchette du haut. Il prend une autre bouffée de sa cigarette.

— Quécé que t'as, astheur?

— Fumes-tu?

— Des fois.

— Je te crois pas.

— Pourquoi ça?

— Je sais pas... tu fais trop *straight*.

— T'inquiète pas à propos de ça, oké?

Quécé qu'il voudrait savoir? L'histoire de ma vie? D'où c'est qu'il pense sortir lui? Je serais prêt à gager que j'ai fumé plus de joints qu'il n'en a jamais vu.

— Eille, là, t'énerve pas! qu'il me dit.

— Je m'énerve pas, sacrement!

— Oké, oublie ce que je t'ai dit. Je suppose que je devrais me coucher, qu'il me dit, en laissant tomber son mégot dans une canne de Coke vide. Elle grésille en s'éteignant. Il me tend la canne.

— À quelle heure il faut se lever?

— À sept heures.

— T'es pas sérieux! Je devrais pourtant le savoir, la dernière fois que je me suis levé si tôt, c'était à ce merveilleux camp.

15

CHRIS

Y a un conseiller plein de zèle quèque part, probablement dans la cabine à côté, qui fait sonner son alarme à sept heures moins quart, assez fort pour me casser les oreilles. Dieu merci pour lui, ça dure seulement quelques secondes, et ça m'empêche pas de me rendormir. Ça prend des coups de poing dans mon sac de couchage pour m'activer le cerveau. Sept heures! C'est trop de bonne heure pour un jour d'été!

En-dessous de moi, Rip Van Winkle est toujours pas réveillé. Sur la commode, il doit y avoir une cigarette qui s'impatiente! J'ai un remède de première classe pour lui: je pousse une vieille cassette de Village People dans la fente du huit pistes, et je le fais jouer au boutte. C'est un peu plus fort, mettons, qu'un moineau sur une branche. De sous un oreiller, une voix gueule:

— Arrêtez ça!

C'est ce que je fais, autant pour moi que pour lui. Je peux pas endurer leur musique.

Astheur, v'là un autre zélé sur le haut-parleur, en train de polluer les ondes. Il essaie de faire comprendre aux campeurs que c'est plus le temps de dormir. Qu'il y a une activité beaucoup plus intéressante, qui consiste à aller s'éclabousser la face avec de l'eau froide dans la chambre de bain. Sûr que personne écoute. Quand j'étais campeur, la seule façon qu'on pouvait me sortir du lit, c'est quand un conseiller venait me donner des coups dans les côtes.

Dix minutes plus tard — après que je me suis lavé le bout du nez et donné un coup de peigne — je retourne à la cabine numéro trois, en m'attendant à ce que personne soit levé. Réveillé, têt ben, mais pas levé. Mais quécé que je trouve? Trois gars complètement habillés, un grand sourire aux lèvres. Si c'est pas contre les lois de la nature, ça, alors je sais pas ce que c'est. Y en a un qui dit qu'il a l'habitude de se lever à six heures tous les matins pour aller à la pêche avec son père. Il s'appelle Léonard, et son accent de Island Cove est assez fort pour porter des bottes de caoutchouc. Les autres gars l'étrivent à cause de la façon qu'il a de prononcer certains mots, mais ça lui fait pas un pli. À tout coup, il leur rend la pareille.

Pour réveiller les quatre autres, je leur lâche un avertissement assez fort pour qu'ils l'entendent, sans pour ça les rendre sourds. Tout ce que j'ai comme réponse, c'est des gémissements. Je leur dis qu'ils auraient pas dû veiller si tard. Morrison est parmi les quatre. En fait, c'est le moins énergique. J'ai ben envie de l'emmener, avec son sac de couchage et toute la bastringue, au milieu du champ. Y a pas de meilleure façon de vous faire ouvrir les yeux. J'ai qu'à le dire, et les trois autres qui sont debout se mettent tout de suite de la partie. Morrison se débat d'abord un peu, mais pas assez pour nous poser un problème. Une fois passé la porte, on le transporte à travers le champ, jusqu'à un matelas d'herbes, plutôt humide.

Morrison met un peu de temps à comprendre la *joke*. Il se met à répéter certains des mots choisis qu'il avait crachés hier soir. J'ai ben envie de le bâillonner, le p'tit morveux. Il se met debout dans son sac de couchage et commence à sauter pour retourner à la cabine, comme s'il participait à une course de sacs. À moitié chemin, il trébuche et tombe de tout son long. Quand je le rejoins, il pleure à chaudes larmes, affalé, essayant d'attirer la pitié. Ça m'agace qu'il soit redevenu tellement bébé, moi qui pensais qu'il avait changé. Je le traîne pratiquement jusqu'à la cabine et à son lit. Bon, ça va comme ça, le grand air en se levant.

Je décide de le laisser bouder jusqu'à ce qu'il devienne plus raisonnable. Tous les autres sont prêts. Ils ont pas l'air d'approuver la façon dont il se conduit, eux non plus.

— Viens-t-en, espèce de bébé!

C'est pas le genre de commentaire qui peut l'aider à moins s'ennuyer de chez lui. J'ai pas envie de le retrouver avec ses affaires sous le bras, en route pour l'arrêt d'autobus, avant même qu'on ait déjeuné!

— Laissez-le tranquille, les gars. Il va être oké.

Au déjeuner, il va pas beaucoup mieux. Il veut manger ni céréales, ni œufs bouillis, même pas des rôties avec du *Cheez Whiz*, ce qu'ils prennent toujours, même quand ils ont rien voulu d'autre. S'il veut pas de ça, il mérite de mourir de faim. Il se contente de marmonner en tenant un verre de jus de pomme. Il a mal au ventre, qu'il dit. Les autres à la table s'occupent pas de lui, s'emparant de tout ce qui ressemble de près ou de loin à de la nourriture. La compagnie Kellogg serait fière de les voir! Les œufs disparaissent comme si les poules en feraient plus jamais. À la fin du repas, y a des dégâts partout sur la table: des coquilles d'œuf et des corn flakes ramollis mélangés à du lait renversé. Ils se conduisent pas comme ça chez eux, j'en suis sûr. À moins qu'ils aient chacun leur cage.

Le Révérend Wheaton explique un peu le programme du matin, et dit aux campeurs d'aller consulter l'horaire pour voir quelles activités ils ont et à quelle heure, et qu'on s'attend qu'ils arrivent à l'heure. Ensuite, c'est la liste des corvées — ce que chaque cabine doit faire après le déjeuner. On échappe à la vaisselle encore une fois, Dieu merci, et aux chambres de bain et à l'épluchure de patates. Le Ciel doit être avec nous à matin. Ce qu'on a à faire, c'est nettoyer le terrain, ce qui est oké, à cause que ça prend seulement une dizaine de minutes.

Je place mes sept gars d'un côté à l'autre du terrain, séparés par un bon espace et je leur donne à chacun un sac de vidanges. Ensuite, c'est supposé être ben simple: il faut seulement ramasser, en se pressant pas, tout ce qui est pas de l'herbe, de la roche, ou du bois. C'est drôle comme y en a qui aiment pas faire la différence entre des enveloppes de paquets de gomme à mâcher et des roches. Quand ils ont fini, je les laisse tous retourner à leur cabine, excepté Morrison. Je peux voir qu'il pense toujours à s'en aller chez lui. D'ici une demi-heure, il est capable d'aller achaler le Révérend pour qu'il le laisse téléphoner chez lui pour qu'on vienne le chercher. Il faut que j'essaie d'empêcher ça, si je peux. Après avoir perdu mon temps à essayer de le raisonner pendant quèque minutes, la seule chose qui me paraît pouvoir améliorer la situation, c'est de l'emmener encore en canot.

— Je veux bien, mais ne pense pas que je vais changer d'idée, qu'il me dit. (On va voir ça.)

Il parle pas beaucoup, c'te fois-ci. Moi, j'essaie de lui expliquer que c'est rien que normal pour certains gars de s'ennuyer de chez eux. Que moi-même ça m'est arrivé des fois la première année que je suis venu au camp. Ce qu'il faut faire, c'est arriver à surmonter ça. Tout ce que je lui dis semble lui entrer par une oreille, et sortir par l'autre. Il ouvre pas la bouche.

Je devrais juste essayer qu'on s'amuse, j'imagine. Je pars dans la direction du lac.

Y a pas beaucoup de vent, à matin. Je me rappelle des leçons de canot que j'ai déjà eues au camp, que c'est mieux de rester près du rivage, où c'est pas profond. Il est rien que neuf heures, mais déjà le soleil brille et l'air est presque chaud. Tout à coup, j'ai une idée: si on se baignait? Morrison a pas l'air trop enthousiaste. Pour une chose, il nage pas très ben, qu'il dit. C'est pas une excuse, on va rester près du bord, oùcé qu'on aura pas d'eau par-dessus la tête.

— J'ai pas mon maillot de bain, qu'il dit.

— Nage en caleçon, on est rien que tous les deux, que je lui réponds. Je vois pas trop de filles autour.

J'accoste le canot sur la berge, ensuite j'ôte mon gilet de sauvetage, mes habits, et je reste en caleçon. Morrison est toujours dans le canot.

— Tu vas rester assis là longtemps?

J'ai pas envie de le traiter de moumoune, à cause que ça pourrait ruiner mes chances de le faire se baigner.

— Vas-y d'abord, qu'il dit.

— T'es fou? À me geler les fesses pendant que tu me regardes faire? (Pour dire le vrai, l'eau autour de mes chevilles est pas exactement ce qu'on pourrait appeler chaude.) Enweille, déshabille-toi!

— Entre dans l'eau d'abord.

191

— Enweille donc!

Il enlève ses habits et ses lunettes à contrecœur. Ensuite, il se tient debout, raide comme un barreau, les bras serrés autour de la poitrine.

— Viens-t-en. Elle est pas si froide que ça!

— Conte-moi-z-en une autre!

Je remarque les quelques pas qui me séparent du bord.

— Ne m'arrose pas, qu'il dit.

— Je vas pas t'arroser que je le rassure. Tiens, écoute, on va y aller ensemble!

— Je te l'ai dit: je sais pas nager!

— Alors mets ton gilet de sauvetage. (Il décide de le remettre.)

— Je vas compter jusqu'à trois, oké?

— Il fait trop froid, mosusse!

— Morrison?

— Oké, oké, laisse-moi compter, d'abord.

Il veut mener? Ça me dérange pas.

— Un... (Il prend son temps.)

— T'es bloqué sur le un, ou quoi? On a pas jusqu'au Jour de l'An. Le deux vient après le un, au cas où tu le saurais pas. Tu regarde pas Sesame Street?

— ... deux... trois!

Je me lance pas tout de suite, à cause que j'ai l'impression que le p'tit morveux va se mettre à gueuler dès qu'il aura de l'eau aux genoux. Mais il le fait pas. Je me jette à l'eau, mais aussitôt que l'eau atteint mon caleçon, je hurle de douleur. Je plonge aussi vite que je peux pour mettre fin le plus vite possible au supplice. Je fais un virage en U sous l'eau, et je ressors face au rivage.

Morrison est complètement dans l'eau asteur; autant que c'est possible avec son gilet de sauvetage. Il a même l'air d'aimer ça. Il sourit à pleines dents, comme si ça le surprenait lui-même.

— Elle est pas froide, une fois qu'on est dedans, que je lui dis.

— C'est oké, excepté pour les trois pouces de glace que j'ai autour des gosses, qu'il me répond.

Je nage encore un peu, pendant que lui gigote dans l'eau, soutenu par son gilet.

— Pourquoi tu l'enlèves pas et je vas t'apprendre à nager? (L'idée lui sourit pas trop.) Enweille donc, tu vas pas te noyer! T'as juste de l'eau jusqu'à la ceinture. Sais-tu flotter?

— Comme une roche.

— Oké, je vas commencer par te montrer à flotter sur le dos.

Il ôte son gilet, mais en prenant ben son temps, pour me montrer qu'il le fait pas à cause que je lui demande.

— Bon, je vas te tenir pour commencer... t'inquiète pas, je vas pas te lâcher avant d'être sûr que tu flottes.

Avec mes deux bras en dessous de lui pour le supporter, et une de ses mains agrippée à mon bras comme une pince, il est couché sur l'eau. Il est raide comme une barre, et à un bout — sa tête — relevé à un angle de quatre-vingt-dix degrés.

— Relaxe, que je lui dis, t'es pas en plomb, tu sais. Couche ta tête dans l'eau.

Il essaie, mais dès qu'il sent l'eau sur son visage, il ressort la tête, les yeux fermés dur. Il déteste avoir la tête dans l'eau, c'est ça une grande partie du problème. Je l'aide à se remettre sur pied, et ensuite je lui fais faire quelques exercices, la tête dans l'eau. Au commencement, il grimace comme s'il venait d'avaler une bouteille d'huile de foie de morue ou quèque chose comme ça. Mais, p'tit à p'tit, il se rend compte que ça va pas le tuer, et la centième fois qu'il essaie, il ouvre même les yeux sous l'eau. Y a du progrès.

Mais la vraie épreuve, c'est d'arriver à flotter. Il en a même envie, astheur. Et même si la prise qu'il a sur mon bras est assez pour arrêter la circulation, il réussit mieux, cette fois-ci.

— Relaxe, mais tiens-toi droit. Laisse pas tes fesses s'enfoncer.

Au bout de quèques minutes, il va tellement ben, que je peux me détendre les bras et les enlever complètement. D'abord, il

194

est pas prêt à lâcher sa prise sur mon bras, mais après que je lui ai promis dix fois de l'attraper s'il commence à s'enfoncer dans l'eau, il se détend peu à peu.

Mais v'là-t-y pas qu'le p'tit gars flotte sur le dos! Heureux comme un poisson dans l'eau. Il pourrait pas être plus fier.

— Tu vois, c'est pas difficile. Remue tes bras, astheur, en avant, en arrière.

Il ouvre pas le bec, comme si de parler allait briser sa concentration. Il reste comme ça pendant au moins une minute.

Je l'aide à se remettre sur pied.

— Y a rien là, qu'il dit, en faisant le fanfaron, le sourire aux lèvres.

Je lui dis:

— Encore une ou deux leçons et tu vas savoir nager.

— Tu penses vraiment?

Je lui fais promettre d'aller à ses leçons de nage.

— Et quand j'aurai du temps libre, un peu plus tard, cette semaine, je t'aiderai encore.

— Quand?

— Demain, peut-être, on verra. Astheur, rentrons. Il faut qu'on soit de retour pour neuf heures et demie, et il nous reste rien que dix minutes.

Il faut avironner dur. Je le fais travailler fort, se servir de ses muscles et garder un rythme régulier. Il est si bon, que, comme on approche du quai, je l'asperge en passant le plat de ma pagaie sur l'eau. L'instant d'après, il essaie de me rendre la pareille.

J'arrête en apercevant le gars Earle, là, qui descend le sentier. Morrison qui ne l'a pas vu, continue une bonne secousse après que moi j'ai arrêté.

— Une bonne façon de briser une pagaie! que nous crie Earle. Qui t'a donné la permission de sortir en canot? qu'il me demande.

Je pensais pas avoir à demander de permission.

— Personne, que je lui réponds.

— Alors, tu aurais pas dû le faire. Je pensais qu'il était entendu qu'on ne pouvait pas se servir des canots sans me demander la permission?

— Excuse-moi, je le savais pas.

— Ne te tiens pas debout comme ça! qu'il crie encore à Morrison qui a commencé à sortir du canot. Si tu ne sais pas te servir d'un canot, alors tu ne devrais pas être dedans.

Morrison, tout mélangé, débarque, en manquant de faire chavirer le canot et moi avec. Earle prend encore l'air dégoûté.

— Excuse-moi, chef, dit Morrison en se forçant à sourire.

196

— Donne-moi ton gilet de sauvetage, ainsi que ta pagaie. Quelle classe as-tu maintenant?

— Je ne sais pas.

— Qu'attends-tu pour aller te renseigner? Dépêche-toi, tu vas arriver en retard.

Morrison remonte le sentier en courant et Earle se tourne vers moi., toujours dans le canot.

— C'est toi le gars qui doit m'aider avec les canots?

— Oui.

— C'est Chris ton nom?

— Oui.

— Hé bien, Chris, ce ne sont pas de très bons débuts. Comme je te l'ai dit, toute personne voulant utiliser un canot doit d'abord m'en demander la permission. Je suis responsable des canots et des gens qui s'en servent.

Il n'élève pas la voix, mais me parle tranquillement, comme si c'était quelque chose que j'avais été trop stupide pour ne pas savoir.

— Bon, très bien. Je faisais juste sortir le 'ti gars...

— Ça va, tu n'as pas besoin de t'expliquer. Seulement, ne le fais plus, s'il te plaît. Oké?

Je pense: «Oké, oké. J'ai compris.»

— Écoute, on a une classe dans cinq minutes. Veux-tu aller porter le canot là-bas sur le rivage? Attention aux pierres!

Je pousse le canot en bas du quai et je commence à avironner.

— Chris, attends...

Il se rend au bout du quai, s'arrête, et s'appuie sur l'aviron qu'il a en main.

— Quand tu es seul dans un canot, où t'assieds-tu?

Sur le moment, je me rappelle pas exactement. Je sais que c'est près du milieu et un peu sur le côté. Je prends un pas en avant et je m'agenouille, face à la proue.

— Pas là! En avant du banc de proue, face à la poupe.

Je suis pas sourd. Je change de place encore, et je me mets à avironner vers le rivage. Je retiens le canot pour pas frapper de roches.

— Le gros bout de la pagaie. Enfonce pas la lame dans le gravier!

C'est pas que ça me fait quèque chose de me faire dire quoi faire ou la bonne manière de faire les choses. C'est seulement qu'il se pense tellement bon! Comme si j'avais pas la moindre idée de comment manœuvrer un canot.

Pendant qu'on est tous les deux au bord de l'eau, le canot échoué sur la berge, en

198

attendant les campeurs, il en profite pour me poser d'autres questions.

— Depuis combien de temps fais-tu du canot?

— Depuis trois ans.

— Où as-tu appris?

— Ici, au camp.

— T'as jamais suivi de cours ou rien comme ça?

— Non. Y a personne pour donner des cours d'où ce que je viens.

— Je vois. Et quels diplômes de natation possèdes-tu?

— Aucun, mais je sais nager.

— Espérons-le, qu'il dit en souriant. Mais, en fait, qu'est-ce qui te qualifie à t'occuper de canotage dans ce camp?

— Quécé que tu veux dire?

— Ce que je veux dire, c'est: Es-tu la seule personne qu'ils ont pu trouver?

Quécé qu'il est en train d'essayer de me dire? Que j'en sais pas assez pour faire l'affaire?

— J'ai demandé à le faire.

— Ah! je vois.

Tu parles d'un gars plate. Quécé qu'il a de tellement spécial, lui, après tout?

Une douzaine de gars arrivent en se ruant à travers les arbres.

— Donnez-nous un gilet de sauvetage et des pagaies! l'un d'eux demande.

— Arrête un peu. Personne ne va recevoir de gilet de sauvetage ou de pagaie. Allez vous asseoir sur le quai, d'abord.

— Je pensais qu'on était supposés aller en canot?

— Vous irez, dans le temps, comme dans le temps. Allez vous asseoir. Il faut d'abord que je vous parle.

Il les fait tous asseoir en demi-cercle, pis il se met sur un genou en avant d'eux. Pour être sûr qu'ils vont pas le prendre pour un amateur, il commence par leur réciter tous les prix de canotage qu'il a reçus. Et comme si ça suffisait pas, il leur montre quelques douzaines de *badges* en natation.

Bon, ça, c'est ben la preuve qu'on pourrait pas avoir quèqu'un de mieux. Y a rien de mal à avoir toutes ces badges-là. Quicé qui voudrait pas les avoir? Mais il a pas besoin d'être tellement prétentieux.

— Le canotage n'est pas difficile en soi, qu'il continue, mais il peut s'avérer dangereux si la canotier ne sait pas bien manœuvrer sa barque. On va commencer par énoncer des principes de base et établir quelques règlements.. Premièrement, vous devez en tout temps porter un gilet de sauvetage. Je ne veux pas savoir s'il fait chaud ou quelle est la profondeur de l'eau, si je ne vous vois pas porter votre gilet de sauvetage, vous aurez affaire à moi. Règle numéro deux: pas de chamaillage. Vous êtes dans un canot pour une seule raison: apprendre à vous en servir, et non pas pour faire les idiots. Ce qui veut dire: pas d'éclaboussures, pas de tentatives de renverser le canot de quelqu'un d'autre — ou le vôtre. Le premier que j'aperçois en train de faire le pitre, se retrouvera sur la rive avant de savoir ce qui lui arrive.

Il leur en met plein la vue. En fait, tout ce qu'il fait pendant les quarante minutes, c'est parler et donner des démonstrations. Vers le milieu, les gars commencent à trouver ça long, et pas drôle en toute, quand ils apprennent qu'ils vont pas pouvoir aller en canot avant la prochaine classe. C'est clair comme le jour que Earle pense pas que j'ai rien à leur montrer. Tout ce qu'il me fait faire, c'est tenir le canot, pendant que lui leur montre comment embarquer et débarquer. Comme touche finale, il les fait agenouiller au bord du quai et avironner dans l'air pendant un quart d'heure. Vous pouvez vous imaginer comment ils aiment ça! Si c'était moi, je leur ferais passer au moins la moitié de la période en canot. S'ils faisaient quèques erreurs, ils apprendraient à pas les refaire. Après tout, c'est pour ça qu'ils sont venus:

pour aller en canot, pas pour écouter des discours.

Après trois cours, je connais son *speech* par cœur. Pis, avant le quatrième, il me dit que je peux retourner au camp, qu'il peut s'arranger sans moi. Il a vraiment la façon de vous faire sentir utile! La matinée a été complètement gâtée. Et l'après-midi est pas beaucoup mieux. Il a encore deux classes toute de suite après le dîner, des copies xérox des quatre autres.

À la fin de la dernière classe de l'après-midi, il me demande de rester après que les campeurs seront partis. Il veut me parler.

— Après réflexion... Je devrais peut-être te donner quelques leçons pour améliorer ton coup de pagaie. Si tu vas t'occuper du canotage, ça aiderait peut-être si tu en savais plus que les campeurs.

J'en suis arrivé au point où j'ai envie de lui dire de prendre l'aviron qu'il a la main et de se le fourrer quèque part.

— Si je comprends bien, tu sais ce que c'est qu'un «coup en J»?

— Oui.

— Montre-moi un peu ce que tu peux faire, alors. Je vais monter en avant; toi, monte derrière.

Tu te sers du «coup en J» pour garder le canot droit. Le mien est pas mal, et en tout cas, je garde le canot droit, il peut pas dire le contraire. Ce qu'il trouve à dire, par exemple — j'aurais dû m'attendre à ce qu'il me reproche quèque chose — c'est que mon redressement n'est pas assez clair, l'aviron étant trop au-dessus de l'eau.

— Voilà, c'est mieux, qu'il dit. C'est pas parfait, mais c'est mieux. Et tu sais ce que c'est que des «plonger et tirer»?

— Oui. (Je les ai essayés une couple de fois, l'année dernière.)

— Et tu sais ce que c'est qu'effleurer?

J'en ai jamais entendu parler.

— Je sais comment balayer.

— Ça me soulage. Va te mettre à côté du quai et donne-moi une démonstration.

Le balayage, c'est bouger le canot de côté, comme quand on veut l'amener parallèle au quai. C'est plus dur à faire si t'es obligé de le faire tout seul, avec quelqu'un en avant. Il faut que t'appuies plus sur l'aviron dans un sens que dans l'autre. Je fais de mon mieux, dans les circonstances. Après tout, je l'ai pas essayé depuis un an. J'y arrive pas en toute.

Comme vous pouvez deviner, Earle trouve ça très drôle. Je pense même qu'il avait envie que j'y arrive pas, juste pour pouvoir dire quèque chose.

— Au moins, tu auras essayé.

Ce n'est pas ce qu'il a dit; c'est la façon qu'il l'a dit.

203

Je débarque, après ça. J'aurais ben dû marcher sur le plat-bord et faire chavirer le damné canot.

— Soyons honnête, qu'il me dit, une fois qu'il a débarqué, lui aussi, tu vas avoir besoin de t'améliorer.

— Je pensais que j'étais ici seulement pour t'aider, pas pour faire l'expert. Tout ce que les conseillers junior ont jamais fait les autres années, c'est servir de barreur et donner des conseils de base aux campeurs. Ils ont rien qu'onze et douze ans. Tu vas pas en faire des experts en dix jours. La plupart ont jamais vu un canot de leur vie.

— S'ils y mettent assez de temps et d'effort, en dix jours, ils peuvent devenir très bons.

— En haïssant chaque minute.

— Chris, nous ne sommes pas ici pour leur apprendre à s'amuser. Et si c'est ton attitude, je pense que je devrais en parler au Révérend. Il y a probablement un autre conseiller qui s'y connaît mieux que toi.

— Probablement oui! Probablement! Et je te souhaite de le trouver, maudit!

Je jette mon aviron sur le quai, je tourne de bord, et je m'en vas.

Oké, je me suis fâché. Je suis d'accord, c'est lui l'instructeur, et il s'y connaît en fait de canots; mais je suis pas stupide. Et je suis pas venu à ce maudit camp pour faire rire de moi. Oucé qu'il pense que j'aurais pu suivre des cours? On est chanceux quand on peut avoir un instructeur de nage à Marten pendant l'été, sacrement, laissez faire quèqu'un pour nous donner des cours de canot!

C'est juste que ce bâtard-là meurt d'envie d'aller me rapporter au Révérend — que je coopère pas et que ça serait ben mieux s'il avait quèqu'un d'autre. Il me semble que je l'entends. Le monde comme ça me rend malade. Le maudit imbécile!

16

CHRIS

Plus tard cet après-midi-là, je croise Morrison de nouveau. Il court à travers champs, en route vers la hutte de l'artisanat. Il s'arrête une demi seconde.

— Il faut que t'ailles à la cabine, on veut te montrer ce qu'on a fait. Je reviens dans une minute.

Il attend pas que je lui réponde. Il a dû lui arriver quèque chose. Où est passée sa face longue?

Comme j'arrive à la porte de la cabine, on me souhaite la bienvenue avec un plein porte-poussière qu'un des campeurs est en train de vider par-dessus les marches.

— Qu'est-ce qui se passe?

— Entre, le Beu. T'es justement la personne qu'on veut voir. Donne-nous ton opinion: Qu'en penses-tu? Est-ce qu'on a des chances d'avoir le plus de points?

Le plus de points à l'inspection, ils veulent dire. Tous les jours, durant la demi-heure avant le souper, deux membres du personnel senior inspectent les cabines pour voir celle qui est la plus propre, ce jour-là. Les gagnants reçoivent une bannière qu'ils épinglent en dehors de la cabine. C'est très excitant.

— Alors?

— Ça m'a l'air pas mal propre.

— Ça devrait l'être, on a balayé trois fois. Qu'est-ce que tu penses de notre enseigne?

Sur le mur du fond, sur un morceau de carton, ils ont écrit: «Bienvenue à la cabine numéro trois», avec des bourgeons d'épinette. Les gars manquent pas d'imagination.

— Pas mal, que je dis.

Morrison arrive en courant.

— J'en ai trouvé! qu'il annonce, et un pinceau!

— De quelle couleur?

— Jaune, c'est tout ce que j'ai pu trouver.

208

— Un peu criard, mais il va falloir que ça fasse l'affaire. Vite, peinturons-les. On a pas beaucoup de temps.

Quécé que c'est que tout ça? La deuxième partie de la Révolution industrielle?

— C'est moi qui vas le faire, dit Morrison. C'est moi qui est allé chercher la peinture.

Il grimpe sur le lit, en dessous de l'enseigne, et se met à mettre une tache de peinture sur chaque pomme d'épinette.

— Qu'est-ce qu'on pourrait faire pour avoir encore plus de points? dit Darren. Quoi d'autre, le Beu?

— Oui, qu'est-ce que tu faisais quand t'étais campeur toi? me demande Leonard.

Je sais pas. Je faisais le fou. J'ai jamais été dans une cabine qu'avait assez d'énergie pour travailler pour l'inspection. Ceux qui gagnaient avaient toujours un tas d'idées que les autres avaient pas.

— Je suppose que vous pourriez faire des enseignes avec vos noms dessus et les planter contre le mur.

Pas besoin d'encouragement.

— Oucé qu'on pourrait trouver du carton? Pis un marqueur et une paire de ciseaux?

Deux d'entre eux partent à la course, et cinq minutes plus tard, ils sont de retour avec en mains une boîte de carton vide et des ciseaux.

— Je les ai empruntés à l'Artisanat, mais il faut que je leur rapporte dans dix minutes, dit l'un des deux, à bout de souffle.

— Quicé qui sait faire les plus belles lettres?

Ils avouent tous ne pas valoir grand-chose. Excepté Morrison.

— Morrison, es-tu bon avec un marqueur?

— Il faut que je finisse ce que je fais.

— Laisse-moi le finir. Descends ici, si tu vaux quèque chose.

Morrison paraît tout content de l'attention qu'on lui porte. Je l'ai pas vu avoir l'air si ben depuis qu'il est ici. Il se met à plat ventre par terre, et s'essaie d'abord avec son nom à lui. C'est pas mal, mais les lettres sont pas très droites. Il déchire ce morceau-là, et ensuite, il demande à un des gars de dessiner deux lignes avec un crayon sur chaque morceau de carton qu'ils ont découpé. La deuxième fois, c'est beaucoup mieux. Très bien, en fait, tout en majuscules. Il fait tous les autres, pis il décide qu'il devrait ajouter une bordure noire autour de chaque, et il la dessine. Quand il a fini, les gars percent deux trous dans chaque morceau, avec la pointe des ciseaux, et attachent ensuite les cartons aux cadres des couchettes.

— Ça paraît ben, que je leur dis.

Je pars, après ça, à cause que je suis toujours pas de très bonne humeur.

— Merci pour l'idée! me dit un des gars comme je passe la porte. Viens encore nous raconter des histoires, ce soir.

— Têt ben.

— Tu ferais mieux, sans ça on va t'emmener de force. On se verra au souper!

À table, Morrison me raconte comment il a été à son cours de natation et est entré dans l'eau sans même se faire prier. «Je te félicite», que je lui dis, mais en manquant un peu d'enthousiasme tout de même.

Après souper, on annonce les points obtenus à l'inspection, et mes gars de la cabine Trois l'emportent, avec 36 des 40 points possibles. Ils sont vraiment fiers — fous de joie! — d'avoir gagné. Et moi je suis fier d'eux, de la façon dont ils ont fait équipe et travaillé de leur mieux pour gagner. Je voudrais paraître plus intéressé, mais malheureusement, j'en suis pas capable.

En route vers la hutte du personnel, une fois que je suis sorti du réfectoire, Morrison me rejoint pour me dire que ça serait un bon moment pour aller se baigner. Je sais pas ce qui lui arrive — ou ben il a vraiment changé, ou ben il essaie juste de me remonter le moral.

— Es-tu sérieux? que je lui dis. À matin, j'ai été obligé de me mettre en quatre pour te faire approcher de l'eau!

— C'était à matin, ça.

— Qu'est-ce qui se passe? Il t'a poussé des nageoires ou quoi?

— Tu veux pas y aller?

— Je sais pas.

— Tu devrais le savoir.

— Pourquoi ça?

— Pour le *fun*.

Le p'tit morveux lâche pas.

— Oké, va mettre ton caleçon de bain, et rencontre-moi à la plage dans vingt minutes. Et dis pas à personne où tu t'en vas.

— Entendu, capitaine! qu'il me dit en me faisant le salut militaire.

Je sais pas ce que c'est, mais y a quèque chose chez ce 'ti gars-là qui me fait l'aimer.

Il a dû apprendre une ou deux choses à son cours de nage. Il entre dans l'eau sans hésiter, sans même mentionner qu'elle est froide. Pis, il se met sur le dos. Un phoque aurait pas pu faire mieux.

— T'es assez bon pour pouvoir faire le frais, hein?

— Regarde! bouge pas d'où tu es, qu'il me dit.

Il se remet debout, se place à environ dix pieds de moi, et en allongeant les bras devant lui, se met à nager vers moi. Tout ce qui le fait avancer, c'est ses battements de pieds, qui font revoler autant d'eau qu'un traversier du CN. Il m'enfonce ensuite les doigts dans les côtes. Il s'est relevé, les yeux et la bouche fermés dur. Il s'essuie l'eau du visage.

— J'en reviens pas, Morrison, vraiment pas! L'équipe olympique a-t-elle ton adresse, au moins!

— Arrête de rire de moi.

— Excuse. Non, je ne ris pas, t'es vraiment bon. Mais essaie donc de bouger les bras. Ça aide quand on nage.

— Arrête donc. Je ne suis pas rendu là encore!

— Regarde, je vas te montrer quèque chose.

Je fais à peu près la même chose que lui, excepté qu'au lieu de laisser mes bras allongés, je les plonge de chaque côté, un à la fois, et c'est juste eux qui me font avancer.

— Après ça tu peux te laisser glisser dans l'eau, pis ensuite tu recommences. Tu peux aller assez loin en faisant ça. Essaie, debout sur tes deux pieds, en te penchant au-dessus de l'eau.

Il essaie.

— Pointe les doigts. Ramène pas tes bras trop vite à tes côtes... pas mal en toute.

Je lui fais essayer sur l'eau, astheur. C'est pas parfait, mais il arrive à le faire.

Je suis pas sûr, mais je suppose que je lui montre de la bonne façon. Il est encore loin de vraiment nager, mais il va y arriver. C'est une grosse amélioration sur le bloc de glace qu'il était ce matin, au bord de l'eau.

Mais comme on aurait pu s'y attendre, Earle approuve pas de ce que je fais. C'est bien la dernière personne que je voulais voir arriver. Mais c'est ben lui, en caleçon de bain et en *running shoes*, qui descend le sentier, une serviette sur l'épaule. C'est surprenant que son caleçon ait pas une rallonge pour mettre toutes ses *badges* en natation. Il en a qu'une, en fait, mais elle porte le mot instructeur, bien entendu.

— Je pense qu'il devrait apprendre à nager avec un instructeur qualifié. Parfois, une personne qui ne s'y connaît pas, peut faire plus de tort que de bien.

Ah oui? Quicé qui t'a demandé, toi? J'ai pas l'intention de continuer à aider Morrison, maintenant que «le cerveau» est là. Et Morrison est plus intéressé, lui non plus, asteur qu'on a un auditoire.

— On partait, que je lui dis.

Comme on revient au bord, il entre dans l'eau jusqu'aux genoux et s'asperge tout le corps, y compris la tête. Dommage que l'eau lui pénètre pas dans le crâne. Il fait un plongeon parfait, c'est entendu, pis ensuite il nage sous l'eau en-dessous des cordes et presque jusqu'au rivage, de l'autre côté.

Il sait qu'on le regarde, c'est ben sûr. Une fois qu'il a repris sa respiration, il nage de nouveau vers nous. Rien de facile comme la brasse ou le crawl. Non, rien de moins que la brasse papillon, ce qu'il y a de plus difficile à faire, quoi! Je m'arrange pour qu'on lui tourne le dos avant qu'il s'arrête.

— Avec de bonnes leçons, tu pourrais faire la même chose dans six mois, qu'il dit à Morrison alors qu'on s'en va.

L'espèce de m'as-tu-vu! On remonte le sentier. Je me demande s'il a déjà parlé à Wheaton. Probablement pas, à cause que le Révérend m'a pas encore regardé de travers. Mais donnez-lui la moindre chance et je vous gage n'importe quoi qu'il va me faire passer pour un imbécile.

On continue de marcher, le laissant là à impressionner les grenouilles.

— C'est rien qu'un fatigant! que dit Morrison.

— À qui le dis-tu! Je lui raconte ce qui s'est passé après le dernier cours de canotage.

— Je me doutais bien que ça devait être quelque chose comme ça. Qu'est-ce que tu vas faire? qu'il me demande.

— Attendre pour voir ce qui va se passer, je suppose.

C'est à peu près tout ce que je peux faire.

LE RÉVÉREND WHEATON

Après le bivouac, quand John vient me voir dans le bureau pour me dire qu'il a des problèmes avec Chris, je ne sais pas trop quoi penser. Il prétend que Chris est indiscipliné. Or, d'un côté, je me dis que John doit savoir de quoi il parle en matière de canotage. Mais de l'autre, je ne suis certainement pas prêt à condamner Chris, avant d'avoir entendu sa version de l'histoire.

N'y aurait-il pas quelqu'un avec plus d'expérience pour le remplacer? veut-il savoir.

J'en doute. D'autre part, je voudrais donner sa chance à Chris. John est-il trop exigeant? Il me décrit tout ce qu'il a l'intention de faire durant les dix jours du camp, et je lui dis qu'il manque peut-être de réalisme. Ce n'est pas un camp d'entraînement, ici.

— Mais si vous voulez qu'ils acquièrent de l'expérience en matière de canotage, ne vaut-il pas mieux qu'ils apprennent correctement? Vous rendez-vous compte du nombre d'accidents de canotage qu'on enregistre chaque année?

— Ce que je veux dire, c'est que je ne vois pas la nécessité de leur donner davantage que les principes de base. Vous devez vous rappeler que la plupart de ces jeunes gars n'ont que onze ou douze ans. Et je ne voudrais pas que le canotage leur devienne une corvée plutôt qu'un plaisir.

— Apprendre quelque chose ne doit pas nécessairement être une corvée, vous savez.

Je ne tiens pas à discuter avec lui.

— Je parlerai à Chris, lui dis-je, pour voir comment améliorer la situation. J'aimerais qu'on lui donne une autre chance. Il n'a pas eu la vie facile, ces temps derniers. Prouver qu'il peut le faire pourrait être important pour lui.

Je me rends compte que je vais devoir y aller délicatement dans mes rapports avec John. Il a la compétence, mais peut-être pas suffisamment d'expérience en ce qui concerne ses rapports avec les adolescents. Il est jeune et il a tendance à être trop sûr de lui.

J'attendrai d'entendre ce que Chris a à dire avant de décider quoi faire. Je pourrais me tromper, mais Chris ne m'a jamais frappé comme étant le genre de jeune qui se rebellerait sans raison.

Les campeurs l'aiment, c'est évident. Chaque fois que je le vois, il est toujours suivi de deux ou trois jeunes. Il s'intéresse aux campeurs, et plus que toute autre chose, c'est ce que je recherche chez un conseiller. En ce moment, il est dans la cabine Trois en train de les faire coucher. Il passe beaucoup de temps avec ces jeunes-là, et ils l'apprécient. Je lui parlerai à la première heure demain matin, pour tirer tout cela au clair.

CHRIS

Le bivouac, le soir, pourrait être une des meilleures choses que le camp a à offrir. Mais avec tous ces campeurs-là, y en a toujours qui font les fous — ou ben avec leur lampe de poche, ou ben en riant et en faisant du tapage. Moi, je suis heureux, rien qu'à être assis le soir, en plein air, à regarder voler les flammes.

On a chanté cinq ou six chansons, pis raconté trois, quatre histoires, et avant que ça finisse, le Révérend a dit une couple de prières. Après ça, la plupart des gars se sont garrochés dans le réfectoire pour boire un chocolat chaud avant de retourner à leur cabine pour la nuit.

Quand j'arrive à la cabine Trois, environ une demi-heure plus tard, la première chose que je fais c'est leur dire que plus vite ils se déshabilleront et se mettront dans leur sac de couchage, plus longtemps je resterai. Ça les tranquillise un peu, et leur enlève du cerveau l'idée de ressortir plus tard pour aller agacer les gars des autres cabines.

— Eille, le Beu, sais-tu jouer au poker?

— Pas de poker.

— Enweille, bonhomme, rien que pour des allumettes!

— Pas de poker.

— Qu'est-ce qu'on peut faire alors?

— Parler des filles?

— Vous êtes trop jeunes pour ça, que je leur dis pour les taquiner. Je voudrais pas vous voir trop vous exciter.

— Wow, trop jeune! Arrête ça, il en sait probablement plus que toi.

Une gang de Beaux Brummels...

— Y aurait pas besoin de savoir grand-chose.

— Morrison, quécé que tu dirais si je te fermais ta grande gueule?

— C'était juste pour rire. Tu dois pas mal connaître ça, les femmes.

— C'est mieux, ça.

— Rien que des chiennes.

— Donne-lui une claque sur la gueule, Le Beu. Je le prendrais pas, si j'étais toi.

Il peut être sûr que je vas pas le prendre, non plus! Je me mets à lui enfoncer les côtes un peu partout avec mes doigts et il est pas long à crier pitié.

— Je sais de quoi on peut parler. (C'est Jason, astheur.)

— De quoi?

— Qui a jamais été à Disney World?

— Crime! Jason, on est pas tous riches comme toi. Où c'est que tu penses qu'on aurait pu trouver l'argent?

— Quécé qu'il fait, ton père?

— Il enseigne la chimie à l'université.

— Ça gagne des fortunes, ce monde-là. C'est pas surprenant que tu peux aller à Disney World!

— On n'est pas riches du tout, le con. Et ton père, toi, qu'est-ce qu'il fait?

— Il travaille pour le ministère des Forêts.

On pose la question tout autour. Des cinq autres, deux pères sont des pêcheurs, un vend de l'assurance, un est mécanicien et l'autre, Morrison, le sait pas.

— Quécé que tu veux dire, tu le sais pas?

— Je vis pas avec mes parents, que dit Morrison.

— Où vis-tu d'abord?

220

— Dans un foyer nourricier, qu'il dit en baissant la voix.

Wheaton m'a jamais dit ça! Crime, ça me prend vraiment par surprise. Personne dit rien pendant une minute.

— Aime-tu ça là-bas?

— C'est oké.

— Ça fait combien de temps que t'es là?

— Dix mois.

— Où c'est que t'étais avant?

À cet âge-là, les jeunes hésitent pas à poser des questions. Il leur viendrait jamais à l'esprit, que le gars a têt ben pas envie d'en parler.

— Dans un autre foyer.

— C'est quand que t'as vu tes parents la dernière fois?

— Oké les gars, ça suffit, que je leur dis. On va parler d'autre chose.

Ils m'écoutent. Mais j'arrive pas à oublier ce que Morrison vient de nous dire. Je voudrais qu'il m'en dise plus long sur son foyer, mais je trouve pas le moyen de le faire sans le gêner.

Il doit être passé minuit et demie quand je pars de la cabine. Y'en a qui dorment, mais Darren et Jason, nos oiseaux de nuit, et Morrison, sont toujours réveillés. Ils essaient de me convaincre d'aller chercher mon sac de couchage et de venir passer la nuit dans leur cabine, mais j'arrive à m'en sortir. «Un autre soir», que je leur promets. Demain, peut-être. J'ai besoin de dormir.

Je suis pas sorti deux secondes, que quèqu'un met le nez à la porte pour me rappeler. Il fallait évidemment que ce soit mon 'ti morveux.

— Hé, le Beu, qu'il me chuchote pour que personne d'autre que moi l'entende.

— Quécé que tu veux?

— On va-t-y aller en canot demain?

— C'est-y toi qui va demander la permission à Earle.

— Laisse faire. T'occupe pas de lui.

— Il faut ben que je m'en occupe. Je veux pas avoir de problèmes.

— On pourrait y aller quand il est pas autour.

— Comme quand, par exemple?

— De bonne heure le matin.

— T'es pas sérieux?

— Quécé que tu dirais de six heures? Es-tu levé à cette heure-là?

— Six heures du matin!

— Oké, six heures et demie. Enweille, juste pour une demi-heure!

— Je sais vraiment pas.

— Enweille! S'il te plaît!

Il s'est jamais montré aussi intéressé par rien, au point d'être prêt à se lever à six heures et demie du matin. Six heures et demie! Il doit avoir la berlue. Ou ben, qui sait, têt ben qu'il a jamais eu personne avec qui faire des choses comme ça avant.

— Oké, que je lui dis en fin de compte.

— Six heures et demie?

— Oui. Et tout ce que je vas faire c'est venir te secouer une fois. Si tu te réveilles pas, tant pis pour toi.

— Je me réveillerai, je suis pas un gros dormeur. Bonne nuit.

— Le Beu... merci.

— Rentre te coucher avant que je change d'idée.

Six heures et demie, tu y penses pas! C'est dans moins de six heures. Ça doit être moi qui a la berlue. Je retourne à la hutte du personnel, ben décidé à dormir.

— Chris!

C'est Strickland qui sort des bécosses. Il me suit dans la chambre et ferme la porte.

— Wheaton est venu voir si t'étais là, tout à l'heure. Je lui ai dit que t'étais probablement dans la cabine Trois, comme d'habitude. Il m'a dit qu'il voulait te parler «à la première heure», demain matin.

Je m'y attendais. «À la première heure», ça sonne sérieux. Crime!

Strickland met le 8-pistes et on s'assit tous les deux sur son lit.

— Quécé qu'il te veut?

— Earle est-il toujours debout?

— Il est allé se coucher. Le maudit m'a blâmé, à cause que son sac de couchage était à l'envers. C'est un vrai casseux de veillée. Il voudrait que tout le monde soit couché à minuit! Sous prétexte que ça empêche les autres de dormir.

— Ça sonne comme lui.

Je lui raconte l'affaire des cours de canot, et ensuite l'incident avec Morrison.

— Je peux pas le sentir, que je lui dis. Si c'était pas lui, le camp serait parfait. Je me demande ce que Wheaton a à me dire.

— Oublie ça, tu vas le savoir assez vite.

— Je peux pas l'oublier.

— Tu te couches pas déjà, toujours?

— Oui, il faut que je me lève à six heures et demie.

— Six heures et demie! Quécé qui te prend?

Je lui explique, en même temps que je sors mon réveille-matin.

— Ça ferait plaisir à Earle de savoir ça...

— Arrête-moi ça!

— Écoute, couche-toi pas tout de suite.

— Il faut ben, sans ça je pourrai pas me lever.

— J'ai une petite surprise pour toi. Qui va t'aider à oublier tes problèmes.

224

— Strickland, la seule chose qui pourrait me faire oublier mes problèmes, c'est si une fille sautait avec moi dans mon sac de couchage.

— Regarde voir...

Sur quoi, il sort son paquet de cigarettes et l'ouvre. Entre ses Rothmans, il y a glissé deux joints.

— Es-tu fou? Si Wheaton t'attrapait, il te pendrait par les gosses!

— Tais-toi donc. Qui va le savoir?

— Tout le monde, une fois que t'en auras allumé un.

— On va pas le fumer ici, imbécile. On va aller derrière la hutte de premiers soins. C'est l'endroit parfait, je l'ai tchéqué aujourd'hui.

— Je veux absolument pas.

— De quoi t'as peur, le thon?

— Je trouve rien que pas que c'est la place où faire ça.

— T'es rien qu'une moumoune.

— Lâche-moi.

— C'est vrai. Quécé qu'y a de mal à fumer un peu d'herbe?

— Je veux pas, c'est toute.

— Écoute, on va juste en fumer un. On va pas être ben parti avec ça. Tu vas dormir comme un bébé.

C'est vrai, ça serait pas assez pour me geler, juste me faire sentir bien. Mais je suis pas sûr... Si jamais on le découvrait. Ça serait effrayant. J'ai assez de problèmes comme ça.

Mais ce que j'ai derrière la tête, après que j'ai ben réfléchi à tout ça, c'est que Strickland a raison: personne le saurait jamais. Et pis, ça me ferait pas de mal de m'amuser un peu.

— T'es sûr que t'en as déjà pris?

— Je te l'ai déjà dit, hier soir.

— J'ai l'impression que tu mens.

— Strickland, veux-tu arrêter ça!

Il se lève et arrête le 8-pistes. Il prend sa veste sur le lit et la met.

C'est pas que j'ai pas le choix. Mais quécé que je risque? Ça va juste être un joint. Personne le saura jamais.

Strickland le lèche un peu et l'allume, en arrière de la hutte des premiers soins. Comme il l'a dit, y a personne autour. C'est tout un joint qu'il a là! On peut prendre une bonne toke et pis la garder longtemps. Deux, pis je me sens déjà partir. À la fin du joint, je suis vraiment gelé.

— Sacrement que c'est du bon stoffe, que je dis en retenant la dernière toke.

— Je suis complètement parti, toi?

— C'est parfait, mon gars, parfait!

L'herbe, d'habitude, ça me relaxe complètement. Je fais jamais rien de fou quand je toke, en dehors d'avoir le fou rire si quèque chose me paraît drôle. J'aime relaxer, regarder ce qui se passe autour de moi. Je suis aux anges juste d'être assis dehors, en plein air, avec le vent dans les feuilles. Et les odeurs aussi. Tout sent plus fort on dirait, quand je suis gelé. Je goûte mieux aussi. Pis la musique... elle est ben meilleure dans ce temps-là.

Strickland veut retourner à la chambre, écouter son 8-pistes. Il dit qu'il a de la bonne musique pour quand on est gelé.

— Attends un peu, que je lui dis. T'excite pas.

— Fumons l'autre.

J'y pense sérieusement. Je dis pas non.

Le deuxième joint vient de m'achever. Je sais ce que je fais, par exemple. Je m'énerve pas. Pis je trébuche pas ou rien. Si je voulais, je paraîtrais parfaitement normal. Je gage qu'à me regarder personne penserait que je suis gelé. En retournant à la hutte du personnel, j'aperçois un jeune qui court à travers champ en pyjama. Ça m'inquiète. Je voudrais pas que quèqu'un ait besoin de nous parler, surtout pas un de mes gars.

— C'est oké, bonhomme, il va juste aux bécosses.

Dans la chambre, je suis déshabillé et dans mon sac de couchage dans le temps de le dire. Tu parles qu'on se sent bien! Strickland met un tape de Pink Floyd et il éteint la lumière. La musique joue pas fort, mais rien qu'à rester étendu comme ça, j'entends chaque instrument séparément. C'est vraiment une bonne toke. Je me mets à penser à Susan. Quécé que je donnerais pas pour l'avoir à côté de moi! Mais je pense que ça met juste quèques minutes avant qu'elle aussi disparaisse de ma tête et que je tombe endormi.

17

CHRIS

La sonnerie m'éclate dans la tête, à six heures et demie, pas une seconde après. Ça me réveille assez pour que je la refourre dans sa boîte pour l'arrêter. Quèque chose me dit que je devrais me réveiller et me lever, mais je suis pas du tout dans le *mood* pour l'effort. Je peux rien que penser à dormir.

Quelques secondes plus tard — ça peut pas être plus — j'entends appeler mon nom à travers la fenêtre. J'ouvre les yeux, sans pouvoir d'abord identifier la voix, jusqu'à ce que mon cerveau enregistre que c'est celle de Morrison.

— Chris! qu'il appelle, Chris! (Il parle bas comme s'il était pas sûr d'être à la bonne fenêtre.)

Je m'assis dans mon lit, en me souvenant pourquoi il est là.

— Donne-moi cinq minutes, que je lui dis par la fenêtre.

J'arrive à me traîner les jambes pardessus le bord du lit, en essayant de revenir à moi. Je meurs d'envie de dormir encore quèques heures. Mais il faut que je me grouille. Je saute du lit. Crime! c'est ben la dernière chose que j'aurais dû faire! La collision avec le plancher me sonne le crâne. Pour dire le vrai, je ressens encore la dope. Celle de Strickland était forte en maudit.

Après m'être mis mes jeans et une chemise, tant bien que mal, je vas à la chambre de bain. Un peu d'eau froide sur la face va peut-être aider. Ça réussit un peu, mais pas beaucoup. J'haïs me sentir comme ça!

Dehors, y a des nuages et il fait pas ben chaud. Ça a pas l'air comme si il devrait y avoir du soleil de la journée. Mais Morrison, en chandail à col montant et en coupevent, est tout feu tout flammes.

— Dis-moi, 'ti gars, connais-tu quèqu'un d'autre qui ferait ce que je fais pour toi?

— C'est pas de ma faute si t'es la seule poire autour.

Il saute de côté en riant, échappant tout juste à mon poing.

— T'as couru après. Amène-toi, on a pas de temps à perdre.

— C'est qui qu'allait me réveiller, hein?

— Je me suis pas réveillé.

— Des excuses! Viens-t'en, on fait la course jusque-là.

— J'ai pas l'énergie.

— Bâille encore pis tu vas flotter comme une balloune.

Si j'avais assez de vie, j'attraperais le p'tit morveux pis je lui donnerais une bonne volée. Le plus drôle, c'est qu'il a presque raison: si j'étais un peu plus *high*, je pourrais flotter.

Le canot glisse dans l'eau aisément. Deux avirons et deux gilets de sauvetage, et en avant! Je commence à aimer ça, asteur que j'ai finalement plus envie de me rendormir. Quécé que tu penses de ça, Earle, comme exercice de *J-stroke*?

Mais c'est Morrison qui s'amuse le plus de nous deux. Ça me fait plaisir de lui voir le sourire sur la face. Ça serait le fun de l'avoir comme frère, excepté que si il faisait partie de ma famille, y aurait mille raisons pour qu'on s'entende pas.

Il voudrait qu'on aille sur le lac. Je suis pas sûr; on dirait que le vent se lève. Mais c'est pas sa première sortie; il commence à avoir de l'expérience. Earle serait pas d'accord, mais je me sacre ben de ce qu'il peut penser, lui.

On file sur le chenal qui mène de la rivière au lac, encore plus vite qu'hier, à cause qu'on a le vent derrière. Mets-toi à genoux, que je lui dis, ça rend le canot plus stable. Le vent souffle vers l'autre bord du lac, et on dirait qu'il renforcit. On pagaie ben tous les deux, et on s'amuse vraiment. Si on avait de quoi faire une voile, ça serait encore plus drôle.

Le lac, Ochre Pond, est très grand, un mille et demi de large, je dirais. Je veux pas aller trop loin, à cause que pour revenir, on va avoir le vent contre nous, et ça va être dix fois plus dur. On va en travailler un coup!

Je jette un coup d'œil en arrière, et je me rends compte qu'on est allé plus loin que je pensais. C'est à cause du vent qui barratte l'eau. Et plus on va loin, plus les vagues paraissent grosses.

— Il vaut mieux s'en retourner, que je dis à Morrison.

— Eille, pas encore. C'est trop le *fun*!

— Oui, mais on peut pas prendre la journée pour essayer de retourner. Cale-toi ben, et quand je te le dirai, avironne du côté droit de toutes tes forces.

Ça sera têt ben pas facile de virer le canot de bord. Il faut que je le fasse vite, pour qu'il soit parallèle aux vagues le moins longtemps possible. Je laisse passer, trois, quatre vagues, pis je me dis que ça va pas devenir beaucoup plus calme. Alors j'avironne à reculons du côté gauche pour commencer à le faire virer.

— Astheur! que je crie à Morrison, et il se met à avironner aussi fort qu'il peut. Ça prend tout ce qu'il a, à cause que le vent nous frappe en plein sur la proue.

«Mais, pas de problème», que je me dis.

Juste comme je pense ça, je vois arriver une vague effrayante, et je me rends compte qu'il va falloir avironner en maudit pour empêcher le canot de se remplir d'eau. Mais même là, ça voudrait seulement dire qu'on retournerait avec quèque livres en trop. Un canot ne coule pas, même avec de l'eau à ras-bord.

Mais on arrive pas à l'éviter.

— Tiens-le droit, sacrement! que je crie à Morrison.

Mais la vague est ben plus forte que ce que je pensais. Et au lieu de se pencher vers elle, pour contrebalancer sa force, Morrison met tout son poids de l'autre côté.

— Fais attention!

Mais y a absolument pas moyen de le garder stable. La vague nous frappe de côté et ça y est...

On chavire! Sacrement de sacrement, je peux pas le croire!

Le maudit canot est à l'envers! Je suis oké, je suis oké. L'eau est pas froide. Pis le gilet me fait flotter.

— Morrison!

Je panique pas, mais le problème c'est que j'arrive pas à le voir tout de suite.

— Morrison!

Je me rends de l'autre côté du canot. Il est là, Dieu merci! Mais y a quèque chose qui va pas. Il est agrippé d'une main à un des côtés du canot, mais il agite son autre main dans l'eau comme un fou. Il a la tête juste hors de l'eau, à cause que son maudit gilet est pas attaché en avant. Il a plus ses lunettes.

— Morrison, es-tu oké?

Quand je m'approche de lui, il m'attrape par le cou. Il est mort de peur.

— Arrête de t'énerver. Ça va oké?

Il est étourdi et me répond pas.

— Calme-toi, sainte bénite! On va être oké. Mais calme-toi!

Il faut que je fasse quèque chose pour qu'il se tranquillise. Si seulement il voulait rester tranquille un peu, je pourrais têt ben lui attacher son gilet de sauvetage. J'essaie

234

de mettre ensemble les deux côtés pour pouvoir fermer le zipper, mais c'est impossible. Ses habits sont déjà remplis d'eau.

— Je me suis cogné la tête, qu'il dit. (C'est ses premiers mots.)

— Où ça?

Il se frotte le front, et quand je lui repousse les cheveux, j'aperçois une grande marque rouge. La peau est pas percée, alors y a pas de sang. Le canot a dû le frapper en chavirant. Dieu merci, ça lui a pas fait perdre connaissance.

Ça a dû lui faire mal, par exemple. Il raisonne pas. Il s'accroche à moi tellement fort qu'il me fait mal. J'essaie de le faire flotter sur son dos une seconde pour voir si je peux pas lui attacher son gilet. Mais il veut rien savoir. Pis quand j'essaie de le forcer, il se met à brailler. Crisse!

— Morrison, arrête-moi ça. Je te dis qu'on va être oké.

— Non! qu'il gémit.

— Je te dis que oui! Astheur, calme-toi.

J'aurais ben envie de le secouer, mais on sait jamais ce que ça pourrait faire à sa tête.

On va être oké. Je panique pas. J'essaie de raisonner aussi clair que je peux. Le canot devrait continuer de flotter, quoi qu'il arrive. Pis le rivage a pas l'air tellement loin que ça. Si seulement Morrison voulait être raisonnable, je gage qu'on pourrait nager jusque-là facilement.

C'qu'il faut que je fasse, c'est me débarrasser d'un peu de poids pour pouvoir mieux bouger. Si je pouvais seulement m'ôter quèques habits, sacrement! Les *runnings shoes* sont pas un problème. Je les enlève l'un après l'autre, en me servant de l'autre pied. Ensuite, j'enlève mes jeans. C'est pas facile, mais j'en viens quand même à boutte. Bon, ça va ben mieux comme ça.

Si Morrison voulait faire la même chose, il flotterait d'autant mieux, mais il veut même pas m'écouter. J'essaie d'attraper une de ses jambes pour lui arracher ce qu'il a sur les pieds, mais l'imbécile fait seulement me donner des coups de pieds. Y a rien à faire avec lui. Il porte des espèces de bottes de caoutchouc courtes avec le bas de ses jeans rentré dedans. C'est pas surprenant qu'il a du mal à flotter. Ses maudites bottes doivent être pleines d'eau.

Il faut coûte que coûte que je lui attache son gilet de sauvetage. Au bout d'un moment j'arrive à rapprocher les deux côtés du zipper. Mais j'ai beau essayer, je suis absolument pas capable de rentrer les deux bouts l'un dans l'autre, pas avec lui qui gigote comme ça. En dernier recours, j'attache les deux cordons de chaque côté du bas du gilet, autour de sa taille. Je fais un nœud tellement serré, qu'il est certain qu'il pourra pas se défaire. C'est mieux. Le gilet le supporte mieux dans l'eau, asteur.

Je passe les prochaines minutes à flotter pendant que je me demande quoi faire. Le vent souffle encore plus fort qu'avant. On pourra jamais retourner au rivage en ramenant le canot avec ce vent-là. Pis si on reste avec le canot, je peux pas savoir où c'est qu'on va resourdre ni combien de temps on va être obligés de rester ici. On a pas l'air d'être tellement loin du rivage, d'où on est. Même avec ce vent-là, je pense ben qu'on pourrait y retourner dans dix ou quinze minutes, en nageant ensemble. Plus on attend, plus on va s'éloigner du rivage. Et quand je pense à la tête de Morrison, je me dis que plus vite on retourne, mieux ça vaudra.

Morrison est un peu plus calme qu'avant, mais il est quand même pas en état de m'aider à décider.

— Est-ce que ta tête te fait mal?

— Elle m'élance!

— Penses-tu qu'on devrait essayer de nager jusqu'au rivage?

— Je sais pas! qu'il gémit.

— As-tu froid?

— Je suis gelé.

Au bout d'un certain temps, on se rend compte que l'eau est glacée. J'avais trop peur pour le sentir au commencement, mais pas là.

— Je pense qu'on devrait essayer. Rien que de bouger devrait nous réchauffer.

— Va falloir que tu m'aides.

— Première chose: on va t'enlever tes maudites bottes.

Il me laisse enfin lui arracher.

— C'est-y mieux comme ça?

— Oui. (C'est tout ce que j'arrive à lui faire dire.)

Il faut que je me décide. Je sais que je pourrai pas changer d'idée une fois qu'on sera en train de nager. Pis, quand on aura lâché le canot, il va partir en flottant et on pourra têt ben jamais le rattraper. Je pense à des histoires où c'est que les gens ont abandonné des canots chavirés pour nager jusqu'au rivage et qui sont jamais arrivés. Ils devaient pas porter de gilet de sauvetage, c'est sûr. En y pensant ben, je vois pas comment on pourrait pas le faire. Avec nos gilets, on va flotter, même si ça nous prend une heure. Ça vaut mieux, que de dériver jusqu'à l'autre bord du lac, avec personne pour savoir où nous chercher. Surtout que dès qu'ils verront qu'on est pas là, une des premières choses qu'ils vont faire, c'est s'en venir ici — spécialement quand quèqu'un découvrira qu'y a un canot qui manque dans le hangar.

238

— Oké, Morrison, on va nager jusqu'au rivage. On va rester collés ensemble, alors t'inquiète pas. Mais il va falloir que tu travailles. Que je te voie pas te relâcher. Tu te rappelles comment je t'ai montré à flotter sur le dos en bougeant tes bras? C'est tout ce que t'auras à faire. Es-tu prêt?

Il fait signe que oui. On se repousse du bateau et on se met sur le dos. C'est la seule façon que je peux bouger, à cause que Morrison me serre tellement le cou avec ses bras. On fait un bon départ, malgré tout. On bat tous les deux des pieds et on crawle sur le dos de nos bras libres. Avec le vent qui agite l'eau comme ça, je sais que ça va prendre du temps. Mais si on garde un bon rythme, il devrait pas y avoir de raison pour qu'on réussisse pas finalement.

Le canot part à la dérive.

J'essaie de parler tout le temps à Morrison pour l'empêcher de se décourager. Il a encore peur, et pas du tout envie de s'en cacher.

— On se rapproche, que j'arrête pas de lui dire. (Mais on avance pas vite, je sais. Et les maudites vagues aident pas non plus.)

Au bout de cinq minutes, j'ai presque peur de regarder par-dessus mon épaule pour voir combien on a fait de chemin. Ça doit être une bonne distance. Je le sens dans mes bras et mes jambes, sans parler de ce que Morrison doit sentir. Quand je me décide à regarder, j'ai la chienne, à cause que le rivage paraît presque aussi loin que quand on est partis. Il va falloir qu'on aille plus vite que ça.

Si je pouvais penser à une autre façon de nager. Mais comme on est deux ensemble, y a pas d'autre moyen. Il va juste falloir continuer comme ça. Morrison est de plus en plus fatigué. Le maudit coupe-vent qu'il a en-dessous de son gilet de sauvetage aide pas. Il a vraiment l'air malheureux.

— Arrête une secousse! qu'il me supplie.

— On peut pas, le vent va nous repousser vers le large.

— Je peux plus bouger. Je suis trop fatigué, qu'il gémit.

— Force-toi, il le faut.

— Je peux pas. Ma tête me fait mal et pis je suis tout étourdi.

— Il faut qu'on continue!

Il essaie encore, et de le voir essayer me pousse à travailler encore plus fort. Je commence à battre la mesure avec chaque mouvement.

— Un... deux, que je dis, un... deux...

Il fait de son mieux. On doit avancer. Je regarde vers le rivage encore une fois, et on a l'air de se rapprocher. Il faut qu'on soit plus près!

— Un... deux... un...

Mais son bras devient de plus en plus faible. Au bout d'un certain temps, il fait rien que le lever au-dessus de sa tête et le laisser retomber et glisser dans l'eau à côté de lui.

— Changeons de côté, comme ça on pourra se servir de nos autres bras.

C'est ce qu'on fait et je sens que je reprends des forces.

Mais pas Morrison.

— Enweille! (Il faut que je sois dur avec lui.)

— Je peux pas! Je suis trop étourdi!

— Il le faut!

Il essaie de nouveau, c'te fois-ci de toutes les forces qui lui restent.

Après quelques secondes d'un bon rythme, il laisse retomber son bras et il ne le relève pas. Sa tête sombre dans l'eau, sur le côté. Il a perdu connaissance!

— Morrison!

Je lui attrape la tête et je la relève. Je lui essuie l'eau sur le visage. Il a pas pu supporter la tension. Ça doit être sa blessure à la tête, où c'est que le canot l'a frappée.

La première chose à faire, c'est de voir s'il respire. Il doit juste être sans connaissance, ça peut pas être quèque chose de pire que ça, sacrement!

Il respire, Dieu merci!

Je lui mets un bras en-dessous du menton, et j'essaie de nager sur le côté. C'est dur en maudit, mais je peux pas lâcher.

Je me demande tout le temps si il pourrait être en train de mourir. Le coup à la tête, l'eau glacée et tous ces efforts, est-ce que ça pourrait le tuer?

Mon Dieu, que je pense, je ne peux pas laisser ça arriver!

Je suis pas moi-même en état d'aller ben vite. Et le maudit vent ralentit pas une minute.

Au bout d'une secousse, je suis tellement fatigué que je suis obligé de changer de position. J'essaie de me mettre les jambes autour de sa taille et de nager sur le dos. Ça pourrait marcher. Mais je suis trop mort de fatigue pour que ça me fasse quèque chose.

Je regarde de nouveau par-dessus mon épaule, mais je peux même plus voir où c'est qu'on est rendu. Je m'en sacre à moitié.

— Morrison, continue de respirer, pour l'amour du Bon Dieu!

J'arrête de nager pour tchéquer. Je pense qu'il est oké, juste inconscient.

J'ai vu à la TV, une fois, qu'en se serrant l'un contre l'autre on pouvait se réchauffer. Il a têt ben besoin de ça. Je devrais têt ben arrêter de nager avec lui. Je sais plus quoi faire, sacrement!

Je mets mes deux bras sous les siens et je me serre contre lui. Il a la tête contre mon épaule, hors de l'eau.

— Lâche-moi pas, là, Morrison!

Je chiale pas. Je suis assez misérable que je peux rien que prier le Bon Dieu de ne pas nous abandonner.

— Au secours!

Mais c'est un cri sans espoir.

C'est ben dur de continuer à lutter. Je le tiens aussi fort que je peux et je ferme les yeux. On pourrait dériver comme ça pour toujours.

Je sais pas depuis combien de temps on est comme ça. Ça pourrait faire dix minutes. Ou ben une demi-heure.

Je sais seulement qu'à un moment donné, quand on dérive face au rivage, j'aperçois un canot avec deux hommes dedans, qui viennent vers nous. Ils se rapprochent. C'est Earle et le Révérend. Astheur, ça doit être de reconnaissance que je braille.

Quand ils nous rejoignent, je les aide à monter Morrison à bord. C'est pas facile. Ça l'est pas non plus quand je suis obligé de me hâler à bord, moi-même, en essayant que mon poids débalance pas le canot.

Earle tchéque Morrison. Il respire toujours. Earle vire facilement le canot de bord et nous ramène au rivage.

18

LE RÉVÉREND WHEATON

Un directeur de camp, responsable comme moi de quatre-vingt-cinq garçons, redoute toujours qu'une telle chose puisse arriver. On prend toutes ses précautions, mais on se prépare quand même à faire face au pire. Ensuite, tu rends grâce à Dieu lorsque tes pires craintes ne se sont pas réalisées.

Les deux jeunes se sont maintenant remis de leurs émotions. Ils nous ont d'abord causé de l'inquiétude, Morrison surtout: mais le docteur a jugé qu'avec du repos, il devrait se remettre complètement. Il veut le garder à l'hôpital au moins trois ou quatre jours encore. Son coup à la tête, combiné au refroidissement qu'il a subi, aurait pu lui être fatal s'il avait dû rester dans l'eau beaucoup plus longtemps. Le docteur m'a dit qu'il n'était pas en très bonne santé au départ.

Chris a seulement dû passer la nuit à l'hôpital, sous observation. J'ai décidé qu'il valait mieux le renvoyer à la maison, à sa sortie de l'hôpital. Il ne se sentirait plus à sa place au camp maintenant. Et il n'est évidemment plus question qu'il s'occupe de canotage.

En allant le chercher, je passe voir David. Il est réveillé et parle normalement. On ne s'attend pas à ce qu'il y ait des complications. Une représentante du bien-être social est venue à l'hôpital et je dois faire de mon mieux pour lui expliquer les circonstances dans lesquelles l'accident s'est produit.

Chris ne veut absolument pas aller dire au revoir à David dans sa chambre. Il dit avoir passé un long moment avec lui, hier soir. Je ne m'en mêle pas, mais je trouve néanmoins qu'il eût été plus gentil de sa part d'y aller.

Le voyage à Marten met deux heures. Chris préférerait prendre l'autobus, de façon à ne pas devoir m'affronter pendant aussi longtemps. Mais j'insiste pour le reconduire là-bas. Je ne me suis pas montré sévère avec lui, pas encore; et d'ailleurs je ne vois pas ce que cela donnerait, à ce stade. Mais j'ai bien l'intention d'obtenir de lui une explication sur ce qui s'est réellement passé. C'était un manque de sérieux de sa part, et il le sait. On pourrait avancer qu'il souffre assez en ce moment, du seul fait de devoir vivre avec ce poids sur sa conscience. Mais je pense que s'il pouvait en parler, cela aiderait à tranquilliser les esprits. Ce n'est certes pas une solution que de cacher ses sentiments.

Il est plus nerveux que je ne l'ai jamais vu. Il fait de son mieux pour paraître normal, mais c'est peine perdue. Sa façon d'agir est trop différente de ce qu'elle est d'ordinaire. Il doit s'attendre à ce que je le sermonne. J'imagine.

— Chris, lui ai-je dit, aussi bien te détendre, nous en avons pour deux bonnes heures avant d'arriver là-bas.

Il esquisse un faible sourire, sans rien dire. Je vais lui donner du temps, car je pense que c'est lui qui doit aborder le sujet auquel il sait que nous pensons tous les deux. Ça met environ dix minutes, mais il se décide enfin.

— Vous devez être pas mal fâché contre moi?

— Je serais un peu fou de ne pas l'être, tu ne trouves pas?

Il demeure silencieux un moment, puis il me dit:

— C'est pas mal stupide, ce que j'ai fait.

— Soyons reconnaissants que ce n'ait pas été plus grave.

Nouveau silence.

— Earle a raison, je suppose. Je ne vaux pas grand-chose quand il s'agit de manœuvrer un canot...

C'est la solution la plus facile qu'il ait pu trouver: jeter le blâme sur le canot. Mais il ne peut pas s'attendre à ce que je l'accepte.

— J'ai toujours trouvé que tu manœuvrais bien un canot.

— C'était pas l'opinion de Earle, par exemple...

— Ce n'est pas ce qui a causé l'accident.

— Vous ne pensez pas, hein?

— Ai-je raison?

Il ne répond pas et paraît plus malheureux que jamais.

— Une erreur de jugement et un manque de sérieux me paraîtraient deux bonnes raisons, non?

— Je suppose, oui.

— Ce que je n'arrive pas à comprendre c'est pourquoi tu t'es rendu sur le lac? Tu devais pourtant connaître les dangers d'un grand vent? Et amener avec toi un jeune qui

248

ne savait pas nager! John prétend que tu le savais, en plus. Est-ce vrai?

— Oui.

— Alors, qu'est-ce qui t'a poussé à le faire?

— Je sais pas, dit-il. (Tout en sachant que je m'attends à plus.) J'ai pas su raisonner. J'ai été idiot, c'est toute. Comme toujours.

— Chris, t'ai-je jamais dit que tu étais idiot?

— Je ne suis pas un Einstein, en tout cas.

— Tu cherches des excuses...

On pourrait peut-être dire que c'était chez lui un manque de maturité. En grandissant, on court parfois des risques ridicules, sans même s'arrêter pour y réfléchir. Ce n'est toutefois pas une explication suffisante, considérant ce qu'il a fait. Il a tout de même joué avec la vie d'un autre, et j'aurais pensé qu'à seize ans il aurait eu plus de sens commun.

— Que penses-tu que ta mère va dire?

— Si elle est toujours comme quand je suis parti, je vas en entendre parler pendant six mois.

Son attitude commence à m'agacer.

— Chris, mon fils, ce n'est pas quelque chose que tu devrais oublier du jour au lendemain. Te rends-tu compte que quelqu'un a presque perdu la vie à cause de toi?

— Je le sais.

— Alors? (Il ne répond pas.) Alors?

— Vous ne comprenez pas. (Et il n'en dit pas plus.)

Je ne sais pas. D'un côté j'aurais envie de le plaindre. Sa vie de famille n'a pas été facile. Mais d'un autre côté, je ne suis pas d'accord pour ne pas sérieusement le réprimander. Il s'agit de quelque chose de grave. On ne peut pas tout simplement passer l'éponge, en se disant qu'il aura appris sa leçon.

— Savez-vous ce que je pense? me dit-il, après que j'eus cessé de le questionner pendant un moment.

— Non, quoi?

— Je pense que je devrais aller me trouver une job, quèque part. M'en aller de Marten.

— Tu n'as même pas fini ton *high school* encore.

— Si je continue comme ça, je le finirai jamais.

Sa mère m'a dit qu'il n'avait pas terminé sa dixième.

— Qui est à blâmer? Tu sais toi-même que ce n'est pas parce que tu ne peux pas apprendre. C'est peut-être simplement que tu ne travailles pas suffisamment.

250

— Vous sonnez comme ma mère.

— As-tu jamais pensé qu'elle pourrait avoir raison?

— Je veux pas parler de l'école. J'en ai eu assez comme ça.

Il tourne la tête et se met à regarder par la fenêtre.

— Dis plutôt que tu ne veux pas faire face à la situation. (Il ne dit rien.) N'est-ce pas la vérité?

— Quelle situation? Que je vaudrai jamais rien à l'école, comparé à Jennifer? C'est pas exactement le paradis, vous savez, de se faire tout le temps comparer à une sœur qu'est un génie et qui a jamais moins de A.

— Il y a une grande différence entre des A et l'échec.

— Vous ne comprenez pas.

— Comprendre quoi?

— Laissez faire. Vous ne comprenez pas, c'est toute.

Il est évident que Chris n'essaie pas de raisonner. Il cherche à se faire plaindre. Je regrette, mais ce n'est pas moi qui vais le satisfaire de ce côté-là.

— Ce que tu cherches, c'est quelqu'un qui te dise qu'il sympathise avec toi, pas vrai? Ça ne va pas beaucoup t'aider, ça. Admets-le: personne n'est jamais allé très loin dans la vie en restant assis sur son derrière et en se plaignant de son sort. Dans quelques années, tu devras te débrouiller tout seul, et à ce moment-là, sur qui pourras-tu jeter le blâme?

J'ai dû me forcer à arrêter. Il commence à me fâcher, et cela je me suis juré de ne pas le faire. Ça tue toutes mes chances de le voir se confier. Mais voilà. Je ne sais vraiment pas quoi penser de Chris. Je croyais pourtant mieux le connaître.

CHRIS

J'ai été pas mal content quand on est arrivé à la route de Marten. Le Révérend arrêtait pas de me demander des questions. Pis je savais pas quoi lui répondre. Si je lui racontais tout, je serais dans le pétrin pardessus la tête. D'un autre côté, je devrais, à cause que lui, il a le droit de savoir. En tous les cas, je me rends mosussement compte que j'ai failli faire noyer quèqu'un.

J'ai pas été correct avec le Révérend. Il m'a fait confiance, sans rien me demander, et j'ai pas été correct. Il doit savoir que je le regrette.

Et je pourrais pas plus regretter ce qui est arrivé à Morrison. Imaginez s'il était pas revenu à lui ou quèque chose comme ça. J'ai pas dormi plus que deux heures c'te nuit, j'en suis sûr, à force d'y penser. Mais j'ai besoin d'un peu de temps pour y réfléchir. Je suis tout mélangé. Et le Révérend avait pas le droit de m'engueuler comme ça à propos de l'école. Personne voit jamais les choses de mon point de vue.

Il est une heure quand on tourne dans notre entrée. La porte d'en arrière est barrée, ce qui me paraît drôle. À moins que maman soit allée magasiner. Je devrais avoir une clef dans mon sac à dos.

Une fois que je l'ai trouvée, je débarre la porte, pis je pose mon équipement par terre, dans le portique. J'entends qu'il y a quèqu'un en dedans et que la TV marche. C'est encore plus drôle. Têt ben que Jennifer a pas été obligée d'aller travailler aujourd'hui et que la porte est barrée depuis hier soir. Y a personne dans la cuisine. Dans le salon têt ben? Mais juste comme je me prépare à aller voir, maman arrive du corridor.

— Chris, quécé que tu fais ici, pour l'amour? Le camp peut pas déjà être fini!

— Comment ça se fait que la porte était barrée? je lui demande.

— Je sais pas. Jennifer a dû la barrer sans le vouloir quand elle est partie travailler. Comment ça se fait que t'es de retour? Y a-t-y quèque chose qui marche pas? Es-tu malade?

— Puis-je entrer? demande le Révérend, du portique.

Ça me paraît drôle qu'il soit obligé de demander. D'ordinaire, la première chose qu'elle aurait fait, c'aurait été de l'inviter à le faire. Après qu'il est entré, on se regarde tous les deux comme si on savait pas qui de nous deux devrait lui apprendre la nouvelle.

Enfin, le Révérend se décide à parler:

— Chris, je devrais peut-être avoir un petit tête à tête avec ta mère. Qu'en penses-tu?

Ça me fait pas de différence. C'est sûr que je vas me disputer avec elle t'a l'heure.

— Je vas aller défaire mes affaires dans la chambre à coucher.

Je fais un pas vers le portique quand maman me dit tout à coup:

— Chris, pourrais-tu aller au magasin nous chercher quèque chose à souper. J'ai pas eu le temps de faire le marché, hier. Achète des côtelettes de porc et du lait.

Elle va prendre sa bourse sur le comptoir de la cuisine.

— Où tu t'en vas? qu'elle me demande.

— Il faut que j'aille à la chambre de bain, d'abord.

— Je viens de laver le plancher. Tu peux pas attendre d'être revenu?

254

Il arrête le séchoir à cheveux.

— Je vas pas rester longtemps.

— Quécé que tu deviens? Comment ça se fait que t'es revenu?

— C'est une longue histoire.

Je sais pas si il s'attend à ce que je lui dise ou non. Je me sens pas mal idiot, debout de même à le regarder. C'est pas comme quand on sortait ensemble. Y a seulement quèques semaines de ça, mais on penserait que ça fait ben plus longtemps.

— Où-ce que tu vas à soir? que je lui demande.

— Aucun endroit de spécial. Je vas aller chez Mike. Plus tard, on ira têt ben sur la grève, je sais pas. Tout dépendra de si Cathy peut y aller ou non.

Ça me paraît pas mal sûr.

— Est-ce que tu veux venir avec nous?

— Je sais pas.

— Pourquoi pas?

— Je sais pas.

En fait, je le sais fort ben. C'est moi qui l'a lâché, comme si j'avais des choses plus intéressantes à faire. À sa place, je serais pas trop content de me voir resoudre comme ça.

— Écoute, que je lui dis, — je voudrais au moins éclaircir une chose — tout ce qui est arrivé, le mois dernier, je le regrette ben.

— Penses-y plus.

dans les yeux, j'en suis deux fois plus sûr. Elle se met à brailler. Maudit, maman t'es pas sérieuse?

— Chris, attends!

Attends quoi? Je passe devant maman et le Révérend, pis je sors par la porte d'en arrière et je fous le camp sur la route. J'ai pas la moindre idée où-ce que je m'en vas. Crisse! que je pense, quécé qui se passe?

Je traverse un champ pour arriver au quai. J'examine tous les bateaux amarrés, pis je saute dans celui qu'est le plus facile à sortir et je tire les amarres. Y a des goupilles et des rames dedans; c'est tout ce qu'il me faut. Je rame passé le quai et les roches. Passé la pointe. Je rame sans arrêt.

Je suis tout mélangé. J'ai le cerveau rempli de tellement de problèmes que j'aurais presque envie de sauter par-dessus bord. J'arrive pas à croire ça de maman. Il devait y avoir une autre raison pour qu'il soit là. Mais je peux penser à aucune autre explication qu'aurait du bon sens. Si c'était pas ça, alors quécé qu'elle voulait cacher?

D'abord, l'accident, pis ensuite ça! Mon Dieu, c'est un miracle si Morrison est pas mort! J'y ai beaucoup pensé au 'ti gars. Quand je suis allé le voir à l'hôpital, je lui ai dit comment je regrettais ce qui était arrivé, et il m'a dit qu'il me blâmait pas en toute. Il m'a dit qu'il allait être oké. Mais il connaît pas toute l'histoire. Y a juste Strickland qui la connaît. Maudit Strickland...!

Mais je devrais même pas le blâmer, lui. À tout prendre, ça a été rien que ma maudite faute à moi. Si j'avais un peu de volonté, au lieu de me laisser tout le temps entraîner par les autres, le maudit accident serait têt ben jamais arrivé. Si j'avais un peu de tête, je me serais rendu compte que c'était pas la même chose que de se geler un samedi soir quand on a rien d'autre à faire, sacrement!

Jusqu'à celui en qui j'avais le plus confiance qui s'est tourné contre moi... J'aurais ben dû savoir pourtant que même le Révérend essaierait pas de comprendre. Je sais ben que je pouvais pas m'attendre à grand-chose mais il avait pas besoin de me blâmer comme tout le monde. Pis c'est pas de la pitié que je veux, alors il avait pas d'affaire à le prétendre.

Je sais ce que je vas faire : Je vas sacrer mon camp de Marten. Y a assez d'histoires sur mon compte ici, asteur, qu'on pourrait en remplir un livre. Le problème, c'est que je sais pas où aller. En Alberta, têt ben, avec le vieux... Mais têt ben qu'il veut pas me voir, lui non plus.

Je vas têt ben finir à l'école de réforme. Des fois, j'en aurais envie. Au moins là, on refuserait pas de me prendre. Ça, c'en est une bonne! Mon procès s'en vient, pour les fenêtres cassées. Le juge va têt ben avoir assez de bon sens pour m'envoyer à l'école de réforme jusqu'à ce que j'aie assez d'argent pour m'en aller vivre quèque part, sans avoir besoin de personne.

19

CHRIS

Quand je reviens finalement d'avoir été sur l'eau, l'heure du souper est passée. J'y suis resté six heures, la plus grande partie du temps dans une crique tranquille. Birchy Cove. J'ai même creusé pour des moules que j'ai fait rôtir sur un petit feu. J'ai pas réussi à régler grand-chose dans ma tête, mais au moins, je me suis un peu calmé. Je suis revenu quand j'en ai eu assez d'être tout seul. Même quand je suis ben misérable, je peux pas rester longtemps seul.

À sept heures, je fais quèque chose que j'ai pas fait depuis longtemps; je cogne à la porte d'en arrière de chez Tompkins. Ça me fait drôle quand la mère de Steve vient m'ouvrir, à cause que dans le temps, j'avais qu'à entrer sans frapper.

— Est-ce que Steve est là? que je lui demande.

Ça la surprend de me voir.

— Entre, l'étranger!, qu'elle me dit avec un beau sourire. Entre, entre! Pis l'instant d'après : As-tu parlé à ta mère? Elle a appelé c't'après-midi. Elle te cherchait et elle sonnait inquiète. Elle a demandé que tu l'appelles tout de suite si tu venais ici.

— Je lui ai parlé tantôt.

C'est une menterie, mais qu'est-ce que je peux lui dire d'autre?

— Steve est en bas dans sa chambre. Tu peux descendre le voir, si tu veux.

Je suis déjà descendu là des centaines de fois, mais cette fois-ci c'est différent. Je vas même jusqu'à frapper, même si la porte est entrouverte. Je l'entends se sécher les cheveux.

— Chris... quécé que tu fais ici? Je pensais qu'on m'avait dit que t'étais au camp!

— J'y étais.

— Ben... entre d'abord! Je sors de la douche.

260

Il arrête le séchoir à cheveux.

— Je vas pas rester longtemps.

— Quécé que tu deviens? Comment ça se fait que t'es revenu?

— C'est une longue histoire.

Je sais pas si il s'attend à ce que je lui dise ou non. Je me sens pas mal idiot, debout de même à le regarder. C'est pas comme quand on sortait ensemble. Y a seulement quèques semaines de ça, mais on penserait que ça fait ben plus longtemps.

— Où-ce que tu vas à soir? que je lui demande.

— Aucun endroit de spécial. Je vas aller chez Mike. Plus tard, on ira têt ben sur la grève, je sais pas. Tout dépendra de si Cathy peut y aller ou non.

Ça me paraît pas mal sûr.

— Est-ce que tu veux venir avec nous?

— Je sais pas.

— Pourquoi pas?

— Je sais pas.

En fait, je le sais fort ben. C'est moi qui l'a lâché, comme si j'avais des choses plus intéressantes à faire. À sa place, je serais pas trop content de me voir resoudre comme ça.

— Écoute, que je lui dis — je voudrais au moins éclaircir une chose — tout ce qui est arrivé, le mois dernier, je le regrette ben.

— Penses-y plus.

— Non, je suis sérieux. C'était pas des façons de me conduire, sacrement! (Il me regarde.) Ça m'a pas mené ben loin : en cour, c'est à peu près toute. (J'essaie de tourner ça en farce.)

— J'ai entendu parler de ça, oui.

— T'as entendu quoi, exactement?

— Que t'avais été mêlé à cette affaire de vitres cassées.

— C'est têt ben pas vrai.

— Tu veux dire que tu le sais pas?

Je fais de mon mieux pour lui expliquer que, ce soir-là, j'étais pas en état de trop savoir ce que je faisais.

— Je suis rentré soûl, que je lui avoue.

— Est-ce que ta mère l'a su?

— C'est elle qui m'a accueilli.

— Et t'es toujours en vie?

On se fend tous les deux les côtes de rire.

— C'était de ma faute.

— T'aurais dû faire plus attention. Mais quoicé que ta mère t'a dit, toujours?

Je fais semblant de me couper la gorge.

— Elle m'a fait peinturer la maison de fond en comble, toute la sacrée semaine. On a failli finir le stock de peinture de Cooper.

— Pas vrai! qu'il dit en riant. (Pis il met sa chemise.) Viens-tu chez Mike ou non? On pourrait s'acheter quèques bières.

262

— Je pense pas. J'ai pas ben envie de boire. Je vas aller autre part.

— Où ça?

— Je sais pas.

— Y a-t-y quèque chose qui va pas? Quand est-ce que t'a pas eu envie de boire?

Je me contente de lui sourire.

— Il s'est-y passé quèque chose au camp?

— Têt ben. Tu veux vraiment le savoir?

— Ben sûr! Tu veux pas me le dire?

Sûr que je veux. Il faut que j'en parle à quèqu'un. Je me lève pour fermer la porte.

— Eille, ça peut pas être aussi sérieux que ça?

Je lui lâche le morceau, toute, à partir du début du camp. Le tokage, toute. Ça me fait du bien de m'être soulagé.

— Le 'ti-gars, comment il va astheur?

— Il va s'en sortir.

— T'as eu de la chance. Et le Strickland, il s'est-y fait renvoyer?

— Je suppose qu'il doit toujours être là. J'ai rien dit à Wheaton à propos de la dope. Penses-tu que j'aurais dû?

— Je sais pas. Ça dépend de toi, ça.

— Toi, lui aurais-tu dit?

— Je sais pas. Mais je pense ben que j'aurais jamais toké dans une place comme ça, pour commencer.

C'est à ça que ça revient, finalement. Tompkins aurait envoyé Strickland chez le diable.

— T'es vraiment dans le pétrin, qu'il me dit.

— Et il faut encore que j'aille en cour, la première semaine de septembre.

— Décourage-toi pas. Dans une couple de semaines, tu vas retourner à l'école. Ça, c'est sûr de te changer les idées.

— Je doute de jamais retourner en classe, que je lui dis.

— Tu vas lâcher?

— J'y pense.

— Je ferais pas ça, si j'étais toi!

Je m'attendais à ce qu'il dise ça.

— T'as pas manqué ton année, toi, que je lui rappelle.

— Quécé que ça peut faire? Y a ben du monde à qui ça arrive, bonhomme!

— L'école m'intéresse pas.

— Y a ben des raisons pour retourner.

— Nomme-moi-z-en une.

— Susan Murphy.

— Arrête donc de vouloir m'encourager. Tout ce qu'il me faudrait, asteur, c'est d'avoir «Casse de cuir» aux fesses.

— Elle sort même plus avec lui.

— Non! Depuis quand?

— Depuis deux semaines. J'aurais pensé que t'aurais été le premier à le savoir.

— J'ai été trop occupé à casser des fenêtres. Mais sérieusement, c'est vrai? Ou tu me fais marcher?

— Je te le jure! Pis elle a pas commencé à sortir avec personne d'autre encore. Je lui ai fait des avances, l'autre soir, mais elle a rien voulu savoir. C'est têt ben à cause que j'avais mon autre bras autour de la taille de Cathy en même temps. Elle a même demandé de tes nouvelles, qu'il ajoute en souriant.

— Vraiment! Là, par exemple, tu te fiches de moi.

— Oui... je veux dire non... je te mens pas, elle a vraiment demandé de tes nouvelles. Je lui ai dit que t'étais au camp, probablement en train de te crosser en pensant à elle.

— Mon sacrement! que je lui dis en lui donnant un coup de poing dans l'estomac. Arrête ça!

Il va prendre sa veste de l'autre côté de la chambre, plié en deux de rire.

— Alors, tu veux sortir ou non? On aurait têt ben la chance de la rencontrer.

— Allons-y! que je dis, la langue pendante.

Sur le moment, je pense rien qu'à ça. Je voudrais ben oublier tout le reste. Mais j'ai cette autre histoire derrière la tête.

— Attends. Je vas têt ben pas y aller.

— Quécé qu'y a, astheur?

— Je devrais appeler ma mère.

— Ben, appelle-la! Tu sais où c'est qu'est le téléphone, tu t'en es servi assez souvent.

Il sait pas à quoi je pense. Et je peux pas lui dire.

— Steve, c'est-y oké si je couche icitte, à soir?

— Ben sûr, pourquoi pas?

On monte en haut et j'appelle maman pendant que Steve m'attend. En entendant ma voix, elle sonne ben énervée d'abord. Elle arrête pas de dire comme elle est soulagée de m'entendre. Je dis pas grand-chose excepté que je vas rester chez Tompkins, à soir. Elle insiste pour que je revienne, elle dit qu'elle veut me parler; mais je lui dis que je dois sortir avec Steve et que j'aurai pas le temps. Elle essaie de me faire promettre de revenir demain matin, de bonne heure. Je dis rien de plus que «Je vas voir».

À quoicé qu'elle s'attend? Je lui dis bonjour, pis je raccroche pendant qu'elle est encore en train de parler. C'est pas des ben bonnes manières, je sais.

En sortant de la maison, on s'en va chez Mike. La tante avec qui il vit, me regarde de travers quand elle ouvre la porte. Elle nous invite à entrer, mais on aime mieux attendre dans le portique pendant qu'il s'habille pour sortir. Une fois dehors, Steve le convainc de pas acheter de bière. Il veut garder son argent pour demain soir, qu'il dit. Il est pas dur à convaincre, Mike, à cause qu'il boit quasiment pas. Tompkins est ben fin d'avoir fait ça. Ça m'amuserait pas tellement de prendre une bière à soir.

D'après ce que je peux voir, ils ont tous les deux une blonde pour ce soir, Steve est apparemment en amour avec cette fille-là, Cathy Delaney, et Mike sort régulièrement avec une autre. Quand ils les rencontrent au croisement, je me sens un peu de trop. Mais Tompkins essaie de faire semblant que ça fait rien. Il trouve qu'on devrait aller sur la grève, à cause qu'il se dit sûrement que Susan est têt ben là.

Je l'espère! Ça me ferait pas de mal de changer un peu de paysage. Une fois là, Tompkins se met à se promener un peu partout. Ce qu'il cherche est ben évident. Mais elle est nulle part. Et astheur, il voudrait faire remonter tout le monde, juste à cause de moi. Je le prends à part, et je lui dis d'oublier ça, pis d'arrêter de s'occuper de moi. Je vas aller me promener un peu, et qui sait, je vas têt ben la rencontrer.

Je le pensais pas vraiment, mais en remontant le sentier, je tombe en plein dessus! Ça peut pas être juste par hasard. Quèqu'un a dû lui dire qu'ils m'avaient vu descendre à la grève. Elle est avec Maureen et une autre fille, et elles courent toutes les trois comme si elles étaient en retard.

— Viens donc ici une minute! que je lui crie, comme si c'était la chose la plus logique à faire au monde. Les deux autres continuent de courir.

— Salut! qu'elle me dit.

— Quécé qui te presse tant?

— Rien de spécial.

— Il paraît que t'as demandé de mes nouvelles?

— Ah oui?... Ben oui, je suppose. Je me demandais juste où c'est que t'étais, tout ce temps-là. Je te voyais plus.

Je croyais pas vraiment qu'elle mourait de savoir où ce que j'étais.

— Nulle part de spécial.

Après ça, comme d'habitude, c'est comme si le chat nous avait mangé la langue.

— ... J'imagine que t'as entendu des racontars?

— Quèques-uns.

— À propos des fenêtres?

— Oui.

— Ça me surprend pas.

Après ça, notre belle conversation s'arrête net.

— Il faut que je m'en aille, qu'elle dit en se retournant pour partir, au bout d'un moment.

— J'aimerais toujours sortir avec toi, un de ces jours... (Crime! autant me jeter à l'eau tant qu'à avoir l'air fou.)

Elle se retourne.

— Et je suis pas soûl, c'te fois-ci, que j'ajoute.

Elle rit, mais continue son chemin.

— C'est vrai, je t'assure.

Elle s'arrête et se retourne encore une fois.

— Sortir? Quand ça?

— Tout de suite, si tu veux.

Ça, ça la prend par surprise. Elle reste là, à réfléchir, en souriant presque.

— Viens, on va aller se promener.

— Je peux pas laisser Maureen et Cheryl.

— Sûr, tu peux.

— Mais je sais pas si je devrais...

Je peux décider pour elle, si elle veut me laisser. Je la rejoins et je la prends par la main. Quécé que j'ai à perdre?

— Viens-t-en, elles sauront que t'es avec moi.

Elle discute pas. En fait, elle a l'air d'aimer ça. Ça donne jamais rien d'être trop mou.

C'est effrayant ce que c'te fille-là me fait de l'effet! Depuis toujours. Astheur, je l'ai plus juste gravée dans la tête, elle est plus près de moi qu'elle l'a jamais été. C'est pas surprenant que ça m'excite.

Je me dis d'abord, que la première chose à faire, c'est de lui expliquer ce qui s'est vraiment passé à propos des fenêtres. J'en sors pas en état de sainteté, mais elle a l'air de comprendre comment j'ai pu être mêlé à cette histoire-là. Elle dit qu'elle a toujours pensé que Stan et cette gang-là étaient pas corrects. Je pense comme elle.

Ça fait vraiment du bien d'avoir quèqu'un qui essaie de comprendre comment on se sent. Tompkins d'abord, pis asteur, elle. Tompkins est un bon ami, mais Susan a plusieurs autres avantages dont je peux pas m'enlever les yeux.

On passe plus de temps ensemble, c'te première fois-là, que j'aurais jamais pu imaginer y a rien que quèques semaines. C'est plus le *fun*, en tous les cas, que de pisser dans le casse de Casse de cuir! Je lui raconte même ça. C'était pas mal grossier, je l'admets, mais au moins, si je suis franc avec elle, je me dis qu'elle va l'apprécier. Et je me trompe pas. Quand je la reconduis chez elle, c'est comme si on sortait ensemble depuis des semaines, tellement on s'amuse à faire les fous. Ça se termine par la plus belle séance d'embrassage que j'ai eu depuis longtemps. Je peux pas attendre le prochain épisode.

C'est toute une fille que Susan! Faut qu'elle le soit pour que je pense à rien d'autre pendant aussi longtemps.

MA MÈRE

Y a pas moyen d'y échapper. Il va falloir qu'on se parle les yeux dans les yeux, Chris pis moi. Je vas être obligée de lui expliquer les choses, en espérant qu'il va au moins essayer de comprendre.

Je veux surtout pas lui faire de peine.

J'ai abandonné ma job. J'ai dit à Frank au téléphone, hier soir, qu'il fallait plus qu'on se voie jusqu'à ce que je décide ce que je veux faire. Je vas être obligée de me décider, d'une façon ou d'une autre, à propos de tout ça.

Chris sait pas non plus que son père revient passer deux semaines. Il m'a jamais donné la chance de lui apprendre, il est parti tellement vite de la maison.

Je sais pas dans le monde ce que je vas lui dire. Je peux pas imaginer qu'il arrive jamais à comprendre ce que j'ai pu m'en faire, depuis une couple de mois, à cause de Frank.

Ça a pas dû toujours être facile pour lui, sans son père, surtout qu'ils étaient très proches, à un moment donné. Le Révérend

Wheaton m'a dit qu'il pensait que c'était la raison de son problème. Je me rappelle pas de la moitié de ce qu'il m'a dit, pour dire le vrai. Après que Chris est parti comme un fou, je pouvais plus suivre ce qu'il essayait de me dire. J'ai quand même compris l'histoire de l'accident au camp. Mais ce que le Révérend me disait à propos de l'attitude de Chris et comment il avait changé, c'était trop pour moi. J'ai été obligée de lui demander de revenir un autre jour. Il a dit qu'il reviendrait quand Gord serait revenu de l'Alberta. Je lui ai dit que j'étais d'accord avec lui.

Jennifer est pas partie à son travail depuis plus qu'une demi-heure quand Chris arrive. Je m'attendais pas à le voir aussi de bonne heure.

— Oùcé qu'est mon sac à dos? qu'il me demande.

— Je l'ai mis dans ta chambre.

Il passe devant moi et s'en va à sa chambre. Je lui demande s'il a déjeuné.

— Oui, qu'il me répond.

Je le suis betôt, mais la porte de sa chambre est barrée. J'ai des choses à faire dans la cuisine, entre autre une tarte. Têt ben que si je le laisse tranquille, il va venir plus tard.

Une heure passe et il est toujours pas sorti de sa chambre. Il s'est têt ben recouché. Si c'est ça, je voudrais pas le déranger.

Sur le coup de midi, je l'appelle pour qu'il vienne dîner.

— J'ai pas faim, qu'il essaie de me faire croire.

— C'est des côtelettes de porc avec des champignons. (Je sais que c'est son repas préféré.)

— J'ai pas faim.

Il essaie juste de remettre à plus tard l'explication qu'il devrait savoir qu'on va être ben obligés d'avoir.

— Viens-t-en, j'ai quèque chose à te dire à propos de ton père.

— C'est quoi?

— Viens icitte!

Avant longtemps, gagné par la curiosité, il est debout dans l'embrasure de la porte entre le corridor et la cuisine.

— Alors, papa...?

— Il a téléphoné pour dire qu'il revenait la semaine prochaine. C'est des bonnes nouvelles, ça, non?

— Pour combien de temps?

— Deux semaines.

— Et il retourne là-bas, ensuite?

— Il dit qu'il veut d'abord essayer de se trouver du travail icitte.

— S'il repart, je pars avec lui.

— Il va têt ben vouloir qu'on y aille tous les deux.

— Y a une chose certaine, c'est que toi tu vas pas y aller!

— J'aurais pas envie.

— Ça, c'est certain!

Il commence à me lancer des piques. Je suppose qu'il fallait que je m'y attende.

— Viens t'assire et manger. (Le dîner est déjà sur la table.) Allons, assis-toi.

Je pense qu'il peut pas résister à l'arôme. Il va se laver les mains dans la chambre de bain, pis il revient dans la cuisine. Il est pas à son aise, assis là. Il se passe cinq minutes de silence avant qu'il finisse ce qu'il a dans son assiette. Après ça, il boit un autre verre de lait, et il se lève pour retourner à sa chambre.

— Attends le dessert, que je lui dis.

— J'en veux pas.

— C'est de la tarte aux bleuets.

Ça l'arrête pas. Je me lève de table pour le suivre dans le corridor avant qu'il ait le temps de fermer la porte de sa chambre.

— Chris, autant te vider le cœur. Il va ben falloir que tu le fasses, tôt ou tard.

Il me regarde, assis sur le lit.

— C'est tout ce que tu trouves à me dire?

— Tu devrais pas essayer de cacher tes sentiments...

— Mais tu dois ben le savoir, comment je me sens!

274

J'haïs ça quand il se met à crier. Il me tourne le dos et se met à regarder le plancher. Je sais ce qui lui traverse l'esprit.

— Quécé que tu voudrais que je fasse, qu'il dit, que je te demande noir sur blanc ce que cet homme-là faisait chez nous?

Il devrait pas crier comme ça, c'est pas ben.

— Je le regrette. Mais Chris, il était juste venu me parler.

— Conte-moi-z-en une autre. Quécé qu'il avait à se cacher dans la chambre d'amis alors?

— Je savais pas que c'était toi, à la porte. Ç'aurait pu être n'importe qui. J'ai pensé qu'il valait mieux que personne sache qu'il était ici. Tu sais comment les gens parlent.

— Sûr.

— Chris, j'essaie pas de me trouver des excuses. C'était têt ben mal de ma part. (Il tourne les yeux vers moi.) Je voudrais pas te faire de peine. Je t'aime trop.

— T'as une drôle de façon de le montrer!

Non, ça je veux pas l'entendre. Et de la façon qu'il l'a dit, je peux pas m'empêcher de pleurer. Je peux plus rester dans la chambre.

— Excuse-moi, qu'il me dit, une fois qu'il est trop tard. J'ai pas voulu dire ça.

Il me suit dans le corridor.

— Maman, je regrette de t'avoir dit ça.

Quand je me retourne, et que je le vois debout à côté de la porte de sa chambre, je peux pas m'empêcher de voir qu'il mérite que je lui en dise plus long.

— Chris, y a rien que je peux te dire qui va te donner toutes les réponses que tu voudrais. Frank est venu à la maison pour me parler. C'est toute, et c'est la vérité.

C'est toujours pas assez pour lui, je le sens ben. Il veut en savoir encore plus.

— Chris, il est après moi pour que je divorce ton père. Mais tu sais aussi ben que moi, que je voudrais pas voir notre famille se séparer. Ce qui va sortir de tout ça, je le sais pas en toute. Quand ton père va être icitte, il va falloir prendre des décisions. C'est toute ce que je peux dire.

Il est assez vieux pour accepter ça, astheur. Je veux juste pas lui faire de la peine plus qu'il le faut.

20

CHRIS

Y a une bonne secousse qu'on a pas fait ça, mon vieux et moi : aller à la pêche dans les bois. C'est un peu tard, le mois de septembre, pour la truite, mais on a décidé de tenter not'chance. Le père a dit que ça nous ferait du bien rien que de changer d'air. J'aurais emporté un calibre-12, mais la saison est pas encore ouverte pour le canard.

Papa est revenu d'Alberta vendredi, juste comme la fin de semaine de la Fête du Travail commençait. C'est aujourd'hui dimanche, et entretemps, on a beaucoup parlementé. Des fois tous les trois ensemble, mais plus souvent quand j'étais pas là, j'imagine, à cause que je trouve le père pas mal différent de quand il est arrivé. Moi, je lui ai pas parlé de rien, en dehors de lui dire certaines choses qui me concernaient; alors s'il sait quèque chose, ça doit être maman qui lui a dit. J'espère qu'elle en a eu le courage en tous les cas, à cause que c'est certainement pas moi qui voudrais être forcé de le faire.

Le premier jour, il a pas ouvert la bouche à propos de mon apparition en cour, à cause qu'il était trop content de se retrouver chez nous pour vouloir gâter les choses pour personne. Il nous est revenu avec toutes sortes d'histoires à propos de sa job et de sa vie là-bas. Il dit que pour un homme marié comme lui, le seul avantage, c'est l'argent. Sans ça, il serait revenu depuis longtemps. Et s'il repart, ça sera seulement pour l'argent. Je peux voir comment il a envie de rester icitte.

Vendredi soir, toute une gang de gens sont venus à la maison le voir. Il a sorti une bouteille de whisky de l'Alberta, et l'a plantée sur la table de cuisine. Y avait d'autres choses à boire aussi, mais personne s'est réellement soûlé. Vers dix heures, maman a servi à souper. Le père a dit qu'il mourait d'envie de manger un bon repas de poisson frais et de patates depuis qu'il était parti, et c'est ce qu'il a eu — du poisson que Bert Critch nous a envoyé quand il a entendu dire que le père revenait. J'ai ben pensé d'abord que maman en avait fait cuire assez pour la moitié de la population de Marten, mais il s'est tout mangé. Même la reine de la lasagne, Jennifer, y a goûté. Comme dessert, de la compote aux pommes. Un vrai repas terreneuvien.

La mère, pis tout le monde s'amusait. Après le souper, papa les a tous entraînés sur le plancher. Il fallait danser un brin, qu'il leur a dit, sans ça ça serait pas une fête. Et ils ont dansé avec la musique jusqu'à trois heures du matin; y avait pas moyen de les arrêter. D'après ce que je peux voir, il est encore plus terreneuvien, astheur, qu'il l'était avant de partir. Il faisait quasiment jour quand la dernière personne est partie.

Ç'aurait été une soirée ben comme il faut, si on avait pas eu des tracas, certains d'entre nous. Papa a été après nous, maman pis moi, pendant toute la soirée pour qu'on danse ensemble. J'étais pas sûr de vouloir, mais j'ai fini par céder, à cause qu'il insistait tellement. Ç'a été pénible, c'est moi qui vous le dis. Je le savais avant de commencer. On a pas pu garder la mesure, pis elle a été au bord des larmes tout le temps qu'on a été sur le plancher. Elle m'a fait un peu pitié, je l'avoue.

Samedi, à un moment donné, j'ai su qu'on allait parler de mon histoire avec la loi. J'ai raconté au père tout ce que j'en savais. Au moins, cette fois-là, il m'a écouté. Il m'a dit comment il trouvait que c'était épouvantable que je sois obligé d'aller en cour, mais il était pas du tout aussi fâché qu'il l'avait été, cette fois-là, au téléphone. Plus on parlait, et plus je me trouvais idiot de m'être laissé mettre dans c'te situation-là. Je me suis plus ou moins excusé pour toute l'affaire. Il m'a dit que lui et pis maman allaient tous les deux venir en cour avec moi, jeudi.

Asteur, par exemple, on pense plus à tout ça. On s'amuse ben en pêchant. On a dû marcher environ deux milles, de la route à ici, mais ça valait la peine. Y a de la belle truite dans ce lac-là.

Vous auriez dû voir comment il a mêlé sa ligne! Il la ramenait quand l'hameçon a accroché une branche sur le fond. Je lui avais ben dit que le diable rouge qu'il avait mis était trop pesant.

— Coupe ta ligne, que je lui ai dit.

Il a rien voulu savoir. Trop têtu.

— T'es fou? Pis perdre le leurre?

Il a remonté ses bottes sur ses cuisses et il est entré dans l'eau — en se disant qu'il avait des chances de l'atteindre avant que ça soit trop profond. Mais quand il était quasiment arrivé, il a perdu pied et il est tombé dans l'eau jusqu'à la taille. J'ai quasiment fait dans mes culottes tellement ça m'a fait rire. Il a quand même dégagé sa ligne. Il est revenu mouillé jusqu'aux os, ses bottes pleines d'eau. Ça lui apprendra.

Le feu qu'on fait lui donne la chance de se sécher un peu. Sautées, avec du lard salé, les truites ont vite fait de lui changer les idées. C'est comme ça que j'aime la truite, sautée, et à peine sortie de l'eau.

On reste assis là, près du feu, en attendant que l'eau bouille pour finir not'repas avec une tasse de thé. Quand elle commence à faire des bulles dans la canisse, le père y jette une couple de sacs de thé.

J'aimerais mieux pas, mais il recommence à devenir sérieux. Il me parle pas de la cour, mais me demande qu'est-ce que c'est que l'histoire que maman lui a racontée, à propos que je veux plus retourner à l'école? Les classes commencent mardi, et je suis pas mal décidé à pas y aller.

— Je suis assez vieux, tu sais, que je lui dis.

— C'est pas l'idée.

— Je voudrais me trouver une job.

— Tu trouveras pas grand-chose sans instruction.

— C'est mieux que de rester à rien faire, en tous les cas.

— C'est ce que tu penses astheur. Mais attends un peu, quand tu vas aller te chercher du travail. Quicé qui va vouloir engager un jeune de seize ans, qu'a seulement une neuvième année? Je pensais que tu voulais faire ta onzième et, après ça, aller à une école de métiers ou quèque chose de même.

— J'ai changé d'idée. Écoute, toi, t'as une bonne job et t'es pas instruit.

— C'est pas une bonne job. Ça paie ben, mais c'est à peu près toute. Quand t'es comme moi, tu fais le travail que tu peux trouver, tu travailles pas à ce que t'aimes faire. J'en ai plein le casse. Regarde où c'est que j'ai été obligé d'aller pour me trouver du travail.

— J'haïs l'école, que je lui dis. J'haïs ça.

— Moi aussi pareil, quand j'allais à l'école; mais si j'avais eu pour deux cennes de jugement, j'y serais resté. J'avais treize ans le jour où mon père m'a dit : «Oké, fiston, t'as plus besoin d'aller à l'école si tu veux pas.» Ce qu'il aurait dû faire, c'est me donner un bon coup de pied au cul et m'y envoyer de force. Je serais en ben meilleure position aujourd'hui.

Je sais que ça sert à rien de discuter avec lui. Il est comme la mère, astheur, quand il commence à me sermonner, autant me taire. Ça me bâdrerait têt ben pas tellement de retourner à l'école, si j'avais pas à faire face à tout le monde, à cause de toutes les histoires qui ont couru à propos que j'ai magané l'école. De toutes les façons, je pensais que le père voulait tous nous déménager là-bas.

— Il faudrait que tu commences l'école ici, d'abord. Même si je faisais déménager la famille, ça serait pas avant plus tard, cet automne.

— Et maman?

— Quoi, ta mère?

— Elle va venir aussi, si on part?

Il se retourne, et il commence à remettre les tasses et les autres choses dans le sac à dos.

— Quicé qui peut savoir quécé que c'est qu'elle veut! qu'il me dit. Elle dit une chose, pis la minute d'après, elle dit quèque chose d'autre. (Il va éteindre le feu.) En tous les cas, je vas pas laisser ça t'empêcher de commencer l'école, alors pense pas que tu vas pouvoir t'en servir comme excuse. Je vas têt ben même pas retourner en Alberta en toute. Il faut que j'aille parler à la Main-d'œuvre, mardi.

— Y a quèqu'un qui a dit qu'ils allaient commencer à construire une poissonnerie icitte, betôt.

— Crisse, ça fait quatre ans qu'ils brètent!

— Mais si c'était vrai, y aurait têt ben une job pour toi là-dedans.

— On sait jamais.

Si il se trouvait une job, il aurait pas besoin de repartir. Si le père était là et qu'il travaillait, j'haïrais moins ça, retourner à l'école.

Je pense que papa voit ça du même œil que moi.

— Si c'est ça qu'arrive, prépare-toi pour la chasse à la perdrix c't automne.

Y a enfin quèque chose que je vas avoir envie de faire, j'en ai ben l'impression.

MA MÈRE

Avec Gord et Chris partis dans les bois, et Jennifer au travail, je me retrouve toute seule dans la maison. Mais j'ai quand même de quoi m'occuper, par exemple. Il faut que je finisse ce que j'ai à faire pour Jennifer avant qu'elle parte pour l'université. Elle finit de travailler demain, pis ensuite il restera juste quèques jours avant son départ. Elle a acheté du matériel en vente, la semaine dernière, pour que je lui fasse deux blouses, et tout ce que j'ai réussi à faire jusqu'à présent, c'est découper les patrons.

J'ai juste eu trop de choses dans la tête les deux derniers jours, depuis le retour de

Gord. Je savais pas à quoi m'attendre, mais j'aime ben ça l'avoir à la maison. Jusqu'à maintenant, en tous les cas, il est comme il était avant. La pire chose, par exemple, avec ça, c'est que je suis encore plus mélangée que je l'ai jamais été. La semaine dernière, j'étais quasiment décidée à m'en aller, mais astheur, je me dis que si je faisais ça, j'abandonnerais tout ce qui a jamais compté dans ma vie. C'est seulement depuis qu'il est revenu que je me suis mise à penser aux bons côtés de notre vie de gens mariés. Pas les derniers mois avant qu'il parte, à cause que ça, ça juste été de la torture. Mais si je compte pas ça, je suppose que j'ai pas à me plaindre de grand-chose.

Il m'a rapporté un beau manteau de cuir. Ç'a dû lui coûter les yeux de la tête, à en juger par les prix dans le catalogue. Il sait ben qu'il aurait pas dû dépenser ça sur son salaire. Il m'a dit qu'à part de son loyer et de ce qu'il nous envoyait, il avait épargné toute ce qui rentrait. Je chéris ce manteau-là. Pas qu'un vêtement puisse jamais remplacer ce qu'on a perdu, mais ça veut dire beaucoup. Gord, je le sais ben, a jamais eu la parole facile.

La seule chose, c'est qu'on sait pas combien de temps ça peut durer. Si il trouve pas une job d'ici un mois, il va redevenir exactement comme avant. Rappelez-vous de ce que je vous dis : s'il trouve pas de job, y aura qu'une solution : tout le monde déménage en Alberta. Et c'est pas une idée ben réjouissante. Au moins ici, on a notre propre maison.

J'ai pas eu le courage de lui dire à propos de Frank. J'ai ben été obligée de lui avouer, par exemple, que j'avais dans l'idée de le laisser. Ça l'a mis tout à l'envers. Je vois pas pourquoi, quand on pense à tout ce que j'ai eu à endurer avant qu'il parte. Il voulait savoir la raison. Toutes ces questions avaient un seul but : y avait-y un autre homme? Je lui ai répondu ni oui, ni non, à cause qu'astheur y en a têt ben plus.

Je voudrais nous donner une autre chance. Je devrais pas me décourager aussi vite que ça. Si j'avais rien qu'à penser à Gord, ça serait différent. Mais prenez Chris, on est pour quèque chose dans ce qu'il est devenu. Le Révérend Wheaton est venu à la maison, samedi soir. On s'est assis tous les trois dans la cuisine et on a parlé à perdre haleine. J'ai quasiment honte de l'admettre, mais ça a pris quèqu'un d'en dehors de la famille pour nous faire comprendre pourquoi on a les problèmes qu'on a avec Chris. On peut dire ce qu'on voudra à propos du Révérend — y en a qui le trouvent blessant des fois — mais au moins, il vous dit ce qu'il pense. On a ben été forcés de reconnaître que si Chris nous écoutait pas, c'est à cause qu'il se trouvait mieux ailleurs que chez nous. C'est pas toute notre faute quand même, parce que le Révérend a dit qu'il était à peu près temps que Chris apprenne à prendre ses responsabilités. C'est pas facile d'élever des jeunes de c't âge-là, de nos jours, qu'il a dit. Non, que je lui ai répondu, vous pouvez le dire.

MON PÈRE

Je pense comme Lucy, astheur : Si y a une chose qu'on peut dire du Révérend, c'est qu'il vous dit sa façon de penser. Je suis content qu'il soit venu nous voir, à cause que le Bon Dieu seul peut savoir ce que j'aurais pu dire de plus à Chris! Quand Lucy m'a appelé, en Alberta, pour me dire qu'il avait du trouble avec la police, c'est ben simple, j'aurais eu envie de le tuer.

On est pas surpris, la moitié du temps, quand on entend parler qu'un jeune qui est pas le vôtre se fait traîner en cour. Il faut s'y attendre, de la façon qu'on élève les jeunes aujourd'hui. Mais quand on a tout fait pour ben les élever, leur apprendre à être honnêtes, et qu'ils se conduisent comme ça, c'est à se demander... Je suis d'accord avec Wheaton cent pour cent. On peut pas juste passer l'éponge et se dire que ça arrivera plus, des affaires de même — aller en cour, ou ben ce qui s'est passé avec un autre jeune, là-bas, au camp. C'est comme ça que ça commence : ils font quèque chose de pas correct une fois, et ils s'en tirent; pis ensuite, ils essaient autre chose de plus grave.

Je sais ben que c'est pas parfait pour lui, chez nous. Je m'en rends compte. Si j'avais pu rester, je gage qu'il se serait pas mis dans le pétrin comme ça. Wheaton a commencé à dire que la boisson était la cause de ben des problèmes dans les familles. Mais si il s'attendait à ce que je me confesse, il pouvait toujours attendre. Il va falloir qu'il soit pas mal convaincant, pour arriver à me persuader que je bois trop. J'ai pris un coup l'hiver pis le printemps derniers, je le reconnais. Mais mettez n'importe quel homme dans ma situation, à essayer de se trouver une job, et vous verrez si il a pas besoin de se changer les idées. Je cherche pas des excuses. Et têt ben que ça a fait souffrir la famille, je le nie pas. Tout ce que je dis, c'est qu'y avait une raison pour ça et que Chris aurait dû être assez intelligent pour le savoir.

Il fait quand même pitié aujourd'hui quand on part à la cour. On peut pas s'empêcher de le plaindre, le 'ti morveux, avec son air terrifié, tout le temps qu'on est dans le char.

Quand on arrive à Bakerton, on a une demi-heure à perdre. J'en profite pour aller à la Main-d'œuvre. Ils me disent que je saurai pas avant mardi si je vas avoir la job que j'attends. Hier, c'était vendredi, astheur, c'est mardi. Je leur dis que je peux pas attendre toute la sainte année. Il faut que je trouve quèque chose ou ben je dois retourner en Alberta. Je peux pas attendre plus qu'une semaine. La job que j'ai demandée dure seulement six mois. Mais je me dis qu'au bout de ce temps-là, ils se seront têt ben décidés pour la poissonnerie. J'ai dit à Lucy : «C'est ou ben ça, ou ben on fout le camp là-bas.» À condition, ben sûr, qu'elle soit pas déjà partie de son côté. Excepté que la façon qu'elle parle ces temps-citte, y a pas grand-chance de ça.

CHRIS

J'ai jamais imaginé que je me verrais dans une place comme ça. Y a des ben meilleures façons de passer un après-midi. On est là depuis une heure déjà, et la cause a pas encore été appelée.

Je suis accusé de deux choses : boire en dessous de l'âge permis et vandalisme.

Je sais pas mal ce que je vas plaider. J'en ai parlé à mon vieux hier. J'ai essayé de lui faire voir que c'était ma parole contre la leur au sujet des fenêtres. Et il m'a dit comment est-ce que je pouvais m'attendre à faire accepter un argument comme celui-là, considérant que j'étais si soûl. J'ai pas trouvé grand-chose à répondre à ça.

Je gage qu'ils font exprès de nous faire attendre. Ils pensent que ça nous fait du bien de nous faire endurer.

Je jette un coup d'œil à Stan et aux autres gars. Stan a un p'tit sourire narquois. Il a l'air de s'amuser ferme. Papa le regarde ensuite, pis il se tourne vers moi et par son expression, je comprends que s'il en avait la chance il aimerait lui donner quèques coups de poing sur la gueule.

Je voudrais donc qu'ils en viennent à nous, pour en finir! Ils ont déjà entendu trois causes.

— Christopher Slade!

Quécé que je suis supposé faire, me lever ou ben quoi? Je m'attendais pas à entendre mon nom appelé le premier.

— Venez vous tenir ici.

Les uns après les autres, on appelle les cinq noms. On est debout devant le magistrat, en arrière d'une rampe.

J'ai pas aussi peur que j'en ai l'air.

L'officier qui a mené l'enquête se met à lire le résumé de la cause. Il a l'air d'en connaître tous les détails.

— Y a-t-il quelqu'un parmi vous qui désirerait ajouter quelque chose? demande le juge, une fois que l'autre a fini.

Je plaide coupable. Les autres aussi.

Je vois que le *fun* est encore à venir. Le juge nous examine, l'un après l'autre. Je suppose qu'il s'attend à ce qu'on le regarde ben en face. Je trouve ça ben difficile.

Il commence par nous dire qu'il faut respecter la propriété des autres. Ensuite que la loi aime pas trop le vandalisme. Je regarde le plancher.

— Comprenez-vous ce que je vous dis? qu'il nous demande.

Je relève la tête d'un coup sec :

— Moi?

— Oui vous, faites-vous au moins attention à ce que je dis?

— Oui... monsieur le juge.

— Quel âge avez-vous?

— J'ai seize ans.

— Et c'est la première fois que vous êtes cité en cour?

— Oui, monsieur le juge.

— Et comprenez-vous le sérieux de ces accusations?

— Oui, monsieur le juge.

— Vous avez de la chance, jeune homme. Des cinq personnes devant moi, vous seul sortirez de cette cour sans dossier criminel. La raison en est que la loi vous considère comme un mineur. J'espère que vous vous rendez pleinement compte de votre bonne fortune?

— Oui, monsieur le juge.

Cette fois-ci, j'essaie pas de pas le regarder.

— Chacun d'entre vous va être mis en liberté surveillée pendant un an. Les coûts de réparation des dommages seront divisés entre vous, revenant approximativement à 325 $ chacun.

En plus de ça, il fout une amende de 400 $ à Stan. J'imagine que ça lui a pas pris beaucoup de temps à découvrir qui qu'était le chef de la bande.

Je voudrais pas être dans les souliers de Stan. Trois-cent-vingt-cinq piastres, ça suffit comme ça! Je me demande ce que maman et mon vieux en pensent.

En retournant au char, ni l'un, ni l'autre disent grand-chose. Je suppose qu'ils se disent qu'il y a rien à ajouter à ce qui a déjà été dit.

— Je vas vous rembourser cet argent-là, vous pouvez en être sûr. Je sais pas comment, ni combien de temps ça va me prendre, mais je vous rembourserai.

— Essaie de plus faire de folies, c'est le plus important, dit le père.

— Il va être oké, dit maman. En disant ça, c'est papa qu'elle regarde, mais j'imagine que c'est moi qui l'apprécie le plus.

21

JENNIFER

Au moins, comme ça, je n'aurai pas l'air la plus pauvre en arrivant à la résidence de l'université. Un bel ensemble de valises toutes neuves, je m'attendais pas à ça! Je suppose que papa était tellement content de me voir partir que ça lui faisait rien de tant dépenser. Je ne devrais pas dire ça, j'imagine. C'est cruel de ma part.

Il a emprunté une auto pendant une heure pour pouvoir me reconduire à l'arrêt d'autobus sur la grande route. Chris s'intéresse suffisamment à mon sort pour venir assister à mon départ — bien que ce soit probablement pour la promenade en auto autant que pour me voir partir qu'il veut venir. Il parle sans arrêt à papa de la force du moteur, et à quelle vitesse il pourrait la faire aller s'il était au volant.

— Enweille! À la planche! qu'il dit, plus pour étriver maman que pour toute autre raison.

Pour Chris, c'est la chose la plus aimable que je l'ai entendu dire à l'intention de maman depuis deux semaines. J'ai pas réussi à mettre le doigt sur la raison qu'ils ont d'être en si mauvais termes. Ça prend évidemment pas grand-chose pour que Chris se montre désagréable avec n'importe qui. Il s'est pas mal tranquillisé depuis ses escapades de cet été. Elles semblent avoir réussi à le mâter un peu. Dernièrement, il s'est beaucoup tenu seul. Ça vaut mieux après s'être mis dans le pétrin comme ça. J'aurais honte de paraître en public, si j'étais à sa place.

Maman est au bord des larmes. Elle sait bien qu'il faut que je parte. Ce n'est pas comme si je ne m'y préparais pas depuis deux ans. Hier soir, elle est venue dans ma chambre pendant que je faisais mes valises, et elle m'a donné un livret de banque contenant déjà un montant de plus de 500 $. Je lui ai dit qu'elle n'avait pas besoin de faire ça

— tout en m'étant rendu compte tout l'été que c'était ce qu'elle tramait. Elle me dit qu'avec cette somme-là, et la bourse et l'argent que je me suis fait cet été en plus, ça suffira peut-être pour ma première année, sans que j'aie besoin de faire d'emprunt. C'est plus que probable. Elle sait que je ne vais pas gaspiller mon argent.

— La chose la plus importante, c'est que tu travailles. Va pas là comme y en a, juste pour t'amuser. Pis si t'as besoin de quèque chose, aie pas peur de nous demander. Pis, si tu t'ennuies, prends le téléphone, pis appelle-nous collect.

Elle devrait savoir qu'il n'y a pas grand-chance pour ça. Même si la vie à la maison a été plutôt agréable — pour moi, du moins — cet été, j'ai hâte d'arriver à l'université et de voler de mes propres ailes pour un temps. Marten est devenu trop ennuyant pour moi.

Arrivés à la station de gaz Irving où s'arrête l'autobus, c'est papa qui commence à me demander si j'ai tout ce qu'il me faut. C'est tout un changement! C'est vrai qu'il a été différent depuis son retour, mais il sait que je n'oublie pas aussi facilement.

Je dois tout de même dire quelque chose à sa décharge : Il ne s'est pas soûlé une seule fois depuis qu'il est revenu, même pas le premier soir quand il y avait tout ce monde à la maison. Il en a pris juste assez pour se sentir bien. J'espère vraiment qu'il va continuer sur cette voie-là, pour maman. D'ici Noël, on saura ce que valent ses bonnes résolutions. Il m'a dit :

— D'où c'est qu'on sera à Noël, je t'enverrai l'argent de ton passage.

Il parle comme s'ils allaient être en Alberta. Je trouve moi-même qu'ils devraient y aller. Ça ferait du bien à maman de partir voir le monde un peu. Elle est même jamais sortie de son île. Moi, je me suis rendue jusqu'au Manitoba, l'année dernière, avec un échange d'étudiants, et j'ai adoré ça.

On n'a pas longtemps à attendre avant l'arrivée de l'autobus. L'arrêt n'est que de cinq minutes, de sorte que nous n'avons que le temps de remettre les bagages au chauffeur et de nous dire au revoir. Daryl s'en va à Saint Jean à bord du même autobus, et, bien entendu, on s'est déjà entendus pour s'asseoir ensemble. Il s'en va étudier l'électronique au Collège commercial et technique. Ça fait plus de deux mois qu'on sort ensemble.

Au moment où je suis prête à monter à bord, maman a les yeux rouges, et ça m'attriste de voir combien elle a de peine à me voir partir. Je la serre très fort, tandis qu'elle presse ses lèvres sur ma joue. Papa est debout à côté d'elle. Il avance gauchement la main. Je l'embrasse sur la joue et lui dis au revoir. Il semble vouloir m'embrasser en retour.

Chris, chien fou comme toujours, est tout sourire.

— Vas-tu m'embrasser?, dit-il, tout en sachant que je n'en ai nullement l'intention.

— Je pense que je vais laisser faire.

— Tant mieux! J'aurai pas besoin de me laver la face deux fois aujourd'hui.

J'ai assez de cœur au ventre pour lui rendre ça. Avant qu'il puisse s'écarter, je lui entoure le cou de mon bras, et je lui laisse sur le côté du visage une longue traînée de salive.

Ça le prend par surprise.

— Crime! t'as pas besoin de me nayer!

— Juste pour qu'on ne s'oublie pas tous les deux.

J'embrasse maman une dernière fois, et monte les marches. Nos sièges se trouvent de l'autre côté du bus, de sorte que lorsqu'il démarre, il m'est impossible de les voir à travers la vitre.

CHRIS

Jennifer est partie. Depuis hier. Je vas pas dire bon débarras mais y a une chose de bien : elle sera pas à l'école c't'année!

J'ai décidé de retourner en classe et de donner une chance à l'école. Je me suis dit que je faisais aussi bien. L'affaire de la cour est finie; je connais ma situation; alors, à matin, j'y ai été. Comme l'école a déjà été ouverte quatre jours, la semaine dernière, je me dis que je devrais aller tout de suite voir le principal, monsieur Keats, pour lui apprendre la bonne nouvelle.

Comme vous pouvez le deviner, il ne s'est pas mis à sauter de joie en me voyant entrer dans son bureau. Je m'excuse à propos des fenêtres, même si je suis toujours pas sûr que j'y ai été pour quèque chose. Il en a eu une de cassée dans son bureau, et je peux voir où elle a été remplacée. Le *tape* est toujours dessus. Je me dis qu'il vaut mieux aussi que je lui dise que j'ai été en cour, en cas qu'il en aurait pas entendu parler. Ça adoucirait têt ben le sermon qu'il ne manquera pas de me faire.

Keats a pas l'intention de me désappointer. Je l'écoute jusqu'au bout. Il me dit que si je reviens à l'école, il s'attend à de meilleurs résultats de ma part. Je lui dis pas grand-chose, mais l'important dans tout ça, c'est que je suis décidé à faire un plus grand effort c't'année. C'est têt ben difficile à avaler, mais c'est vrai.

Ma détermination ne faiblit même pas lorsque, avec ma chance habituelle, je me retrouve encore avec Anderson pour les mathématiques. Je pense que mon 35 % à l'examen final de l'an dernier, s'est comme cimenté dans les cellules de son cerveau. Le regard qu'il me lance quand j'arrive dans sa classe pour la seconde période, fait paraître celui de Keats doux. T'en fais pas, Anderson, que je pense en dedans de moi-même, ça va te passer. Je vas essayer de passer, c'te fois-ci, même si les maths me rendent malade.

Y en a quèques-uns qui sont contents de me voir. Pas parmi les professeurs, par exemple. Tompkins vient me trouver pendant la récréation avec un de ses grands sourires.

— Je savais ben que tu reviendrais, qu'il me dit. La place est trop formidable pour pouvoir s'en passer. On va fêter ça vendredi soir.

— J'ai ralenti, que je lui réponds.

— Tu te ramollis? qu'il dit. (Je me demande de qui il a appris ça.)

— Non, je vas juste les acheter à la demi-douzaine, que je lui réponds, en éclatant de rire.

Pour dire le vrai, j'ai décidé de plus prendre de bière ou de dope pendant une secousse, pas autant qu'avant, en tous les cas. Je gage que je pourrais arrêter complètement, si je me décidais. Pis y a une autre chose : il faut que je mette un peu d'argent de côté. Aussi, je sais que Susan aime pas que je prenne ni l'un ni l'autre, mais je suis pas prêt à admettre ça à Tompkins.

Les choses vont pas devenir parfaites du jour au lendemain, mais au moins, astheur, je sens qu'elles vont mieux qu'elles sont allées depuis une bonne secousse. Susan est une des principales raisons pour ça. Elle est la meilleure chose qui m'est arrivée depuis que je suis retourné à l'école. On est dans la même classe pour quatre des six cours que j'ai pris, et elle a un certain quèque chose, plusieurs choses, en fait, qui me changent les idées pendant les moments les plus ennuyants des cours.

La v'la folle d'un gars en liberté surveillée. C'est une façon un peu stupide de présenter ça, pis je suis pas si sûr qu'elle est folle de moi, mais ça fait rien, j'aime ça. On a eu une longue conversation au téléphone hier soir, à propos de ça. Ça lui fait rien qu'y en a qui disent que j'suis un délinquant. Elle dit que ça lui est égal, que tout ce qui compte pour elle, c'est que je sois retourné à l'école. Elle devrait faire équipe avec mon vieux. En fin de compte, j'ai été obligé de lui dire oui, juste pour la faire tenir tranquille. C'est en partie pour elle que je suis retourné en classe, mais comme je disais, je m'étais d'abord décidé par moi-même.

Susan est la première fille avec qui je suis jamais sorti qui me fait un effet comme ça. Et c'est la première fille que j'ai jamais décidé de ramener à la maison quand papa et maman étaient là. La dernière chose à laquelle ils s'attendent probablement, c'est de me voir resoudre avec une fille. Je leur ai jamais parlé d'elle. Je suis pratiquement obligé de la traîner pour la faire entrer à cause qu'elle est tellement nerveuse à l'idée de faire leur connaissance. Je lui dis d'arrêter de s'en faire, que c'est juste mes parents.

Je pense qu'ils l'aiment. C'est une nouvelle expérience pour eux, de me voir assis tranquillement à côté d'une fille, à regarder la TV. Maman veut tout savoir sur qui sont ses parents, qui il y a d'autre dans sa famille, et en quelle année elle est à l'école. Susan s'en tire pas mal, sous la torture. Mon vieux est assez content pour conter une blague à propos de quand il sortait avec maman, et que son père l'avait pas laissé passer le portique avant qu'il l'aie fréquentée une bonne année. Il faut pas croire mon vieux, il est capable d'inventer n'importe quoi. Crime! c'est la première fois qu'il la voit, pis il est en train de lui dire à sa face qu'il paraîtrait que j'ai bon goût. Susan se met à rougir quand il lui dit ça; exactement ce qu'il souhaitait.

Il faut qu'elle soit rentrée à huit heures et demie, mais avant de partir, je la convaincs de venir dans le corridor, voir ma chambre. J'ai pas encore le cran de refermer la porte derrière elle. C'est pas grand-chose à voir, ma chambre : une vieille affiche de *Star Wars*, bonne à jeter, et une autre d'une Cheryl Ladd trop habillée. Susan s'assit sur le coin du lit pendant que je fouille dans le tiroir jusqu'à ce que je trouve la lettre que j'ai promis de lui montrer. Elle est de Morrison. Je lui ai déjà tout raconté ce qui s'était passé au camp.

J'ai été vraiment content qu'il réponde à ma lettre. Il me dit que le docteur l'a relâché trois jours après mon départ. Il dit qu'il va ben, asilheur, aussi ben qu'avant. J'espère qu'il me dit la vérité. Il est retourné dans la même famille d'accueil. Il dit qu'il aime ça là, et pis qu'à Noël, il va voir sa vraie mère. On dirait que ça va aller pour lui. Je pensais que, si il en avait envie, il pourrait venir passer une fin de semaine, un de ces jours. Je sais pas quels règlements ils ont là-bas pour les sorties. Je m'en vas en parler à la mère à un moment donné, voir ce qu'elle en pense. Je vas reconduire Susan à pied jusque chez elle. On passe une dizaine de minutes sur le côté de sa maison avant qu'elle ait besoin de rentrer. Vous pouvez être sûr que je perds pas mon temps. Elle dit qu'elle va m'appeler plus tard.

De retour à la maison, la TV gueule toujours. Je m'assis dans le fauteuil, en me demandant si je devrais la fermer ou non. Si je la ferme, maman est sûre de se réveiller. Ils sont tous les deux endormis sur le chesterfield. Y a juste assez de place pour eux deux — leurs deux têtes aux deux boutes. Le père a son bras étendu sur les jambes de maman.

Je décide de les laisser dormir. Ils ont toujours aimé ça, prendre un p'tit somme. À part de ça, mon vieux m'a dit qu'il allait se lever de bonne heure demain matin, pour être à la Main-d'œuvre quand ça ouvrira. J'espère donc qu'il va se trouver une job, crime! J'ai pas envie de voir les choses aller tout de travers encore.